LE QUATRIÈME BASTION

Les trois récits de ce recueil sont tirés des *Récits de Sébastopol* et des *Cosaques*. Les titres sont de l'éditeur.

COMTE LÉON TOLSTOÏ

LE QUATRIÈME BASTION
et autres nouvelles

PRÉFACE

Le comte Léon Tolstoï naît à Iasnaïa Poliana le 28 août 1828, dans une famille de riches propriétaires fonciers. Son père, qui est noble, veut lui faire donner une bonne éducation. Mais Léon, orphelin à 15 ans, quitte le domaine familial pour l'université de Kazan, où il reste peu. Il préfère la solitude de son village. Un voyage dans le Caucase, où son frère est officier, lui fait prendre goût à la vie militaire. Officier en 1851, il sert en Circassie puis dans l'armée du Danube. En 1855, il est assiégé dans Sébastopol, où il se fait remarquer par sa bravoure. La paix signée, il donne sa démission et voyage. Son premier livre, *Enfance* (1852), a attiré l'attention de Tourgueniev, son voisin, qui devient son ami et souffre-douleur, et qu'il retrouve à Saint-Pétersbourg. Il se rend à Paris, à Genève, en Italie, où il dépense sans compter la fortune familiale dans les palaces et les casinos.

Revenu en 1859 sur ses terres, il y ouvre une école où il enseigne lui-même aux enfants de ses paysans et entreprend l'écriture de son roman *Les Cosaques*. Nouveau voyage en Europe. À son retour, il se brouille, pour dix-sept ans, avec Tourgueniev. Le comte Tolstoï n'a pas un caractère facile ; muscles d'acier, mais nerfs fragiles, il est souvent imprévisible. Son médecin a trois filles ; il commence par courtiser l'aînée, pour finir par épouser la cadette, Sonia, 17 ans (il en a 34), à laquelle il dévoile son journal, où sont scrupuleusement notées toutes ses turpitudes sexuelles… Sonia n'aura pas une vie conjugale facile, et menacera à plusieurs reprises de se suicider, le bouillant comte Léon aimant à rendre de virils hommages à ses paysannes. Ils auront toutefois treize enfants, dont huit passeront l'âge de 10 ans. *Les Cosaques* ayant été un succès, Tolstoï se lance dans l'écriture de *Guerre et Paix*, dont les volumes paraîtront de 1865 à 1869. L'œuvre fait un triomphe. Il entame *Anna Karénine*. En 1878, lorsque le troisième et dernier tome paraît, Tolstoï a une crise de mysticisme. Il fait vœu de pauvreté, et décide de fonder sa propre religion, car « l'Église n'est plus, depuis le iiie siècle, que mensonge, cruauté et tromperie ». Il s'habille en moujik et fait des pèlerinages à pied. Sa femme, afin que leurs enfants puissent faire des études, réussit à le convaincre de s'installer à Moscou. Il s'y rend à contrecœur et visite les bas quartiers, tout en apprenant l'hébreu afin de pouvoir apprécier les Évangiles sans les traductions litigieuses de l'Église. Tourgueniev, avant de mourir, Sonia, sa femme, le supplient de revenir à la vie littéraire. Tolstoï n'en a cure, et pérore au milieu de ses disciples. Revenu à Iasnaïa Poliana, il écrit pourtant : *La Mort d'Ivan Illitch, La Puissance des ténèbres*… Les appartements sont partagés en deux ; d'un côté Sonia, ses amis et les enfants, de l'autre le maître, sa large barbe blanche étalée sur sa blouse de paysan, avec ses disciples, plus Tania et Marie, qui considèrent leur père comme un saint. À 61 ans, Tolstoï, qui prône la chasteté, sauf pour lui, fait un enfant à Sonia (Yvan, qui mourra peu après). Il a renoncé à tous ses anciens plaisirs (chasse, vin, tabac, viande…), sauf à la volupté.

Lors d'une famine en Russie, il profite de sa notoriété pour lancer un appel à l'Europe : les vivres affluent. Tania et Marie, ses deux filles-disciples, le déçoivent, l'une en épousant un noble sans le sou, l'autre un veuf déjà père de six enfants. Il rédige *Sonate à Kreutzer, Résurrection*… tout en apprenant à monter à vélo, et en continuant à dénoncer les nantis et l'Église (qui l'excommunie en 1901, à son grand plaisir). Soignant une crise de paludisme dans un palace de Crimée, il y fait la connaissance de Tchékhov et de Gorki. Lors du soulèvement populaire de 1905, il prend courageusement parti pour les émeutiers. Celui que l'on surnomme le « deuxième tzar de Russie » est intouchable. En 1908, pour son 80e anniversaire, il reçoit des télégrammes du monde entier. Le 28 octobre 1910, après une dispute violente avec Sonia, excédée de le voir céder à ses « disciples », Léon Tolstoï prend le train (en troisième classe, celle des pauvres) et fugue en direction du Caucase, pays de sa jeunesse. Il doit s'arrêter en chemin : atteint de pneumonie, il accepte l'hospitalité du chef de gare d'Astapovo, et meurt à l'aube du 7 novembre.

LE QUATRIÈME BASTION

Les premières rougeurs du matin commencent déjà à colorer l'horizon au-dessus du mont Sapoun. La surface de la mer, d'un bleu profond, s'est dégagée des ombres de la nuit et attend le premier rayon de lumière pour s'égayer de son éclat riant. De la baie arrive un vent froid et humide. Il n'est pas encore tombé de neige. Tout est noir. L'âpre gelée mord le visage et craque sous les pieds. Seule, la lointaine et incessante raucité des flots trouble le silence, interrompu de temps à autre par la canonnade qui vient des remparts de Sébastopol. Sur les bâtiments de guerre, aucun mouvement. Il est quatre heures.

Au nord, peu à peu, l'activité du jour succède au repos de la nuit. Ici passe, marquant le pas, un détachement qui va, les fusils cliquetant, relever un poste ; là un médecin court à l'hôpital ; ailleurs, un soldat sort en rampant de sa hutte de terre, débarbouille à l'eau glacée sa figure hâlée, et se tournant vers l'Orient rougeoyant, adresse sa prière à Dieu en se signant rapidement coup sur coup. Plus loin, une énorme et lourde madschava[1], que tirent des cha-

1. Chariot tartare.

meaux, se traîne en grinçant vers le cimetière où elle transporte, chargée presque jusqu'au haut, les morts entassés et sanglants.

Si vous poussez jusqu'au port, vous sentez tout à coup un singulier mélange d'odeurs : charbon de terre, fumier, moisissure, viande, vous renvoyant leurs émanations ; mille objets divers, du bois, de la viande, des gabions, de la farine, du fer, que sais-je, gisent pêle-mêle çà et là. Des soldats de différents régiments, ceux-ci avec leurs fusils et leurs sacs, ceux-là sans sacs ni fusils, vont et viennent partout, fumant, se querellant, traînant des fardeaux jusqu'au steamer amarré près du port de débarquement. De petites embarcations pleines de gens de toutes conditions, soldats, matelots, marchands, femmes, quittent le quai ou s'y rendent.

— Pour la Grafskaya, Excellence ! vous n'avez qu'à monter.

Ce sont deux ou trois marins retraités, qui, debout dans leurs barques, vous offrent leurs services.

Vous prenez le bateau le plus proche, et, enjambant la charogne, déjà en putréfaction, d'un cheval brun étendu dans la boue sous vos pas, vous allez prendre place au gouvernail.

On quitte le rivage. Autour de vous s'étale la mer brillant déjà des feux du matin. Devant vous un vieux matelot enveloppé dans un manteau de poil de chameau et un jeune garçon aux cheveux de filasse, manœuvrant diligemment les rames en silence. Vous regardez les navires épars dans la baie, qui près de vous, qui au loin ; vos yeux s'arrêtent sur des points noirs mouvants : ce sont les chaloupes qui glissent sur l'azur scintillant de la mer ; votre vue se fixe sur les belles maisons de la ville, mariant leurs tons clairs aux teintes rosées du soleil levant, sur la blanche ligne d'écume qui entoure le môle, à l'endroit où l'on a coulé à fond les vaisseaux dont on voit encore émerger tristement au-dessus de l'eau les pointes des mâts[1] ; enfin, sur la flotte ennemie qui, dans le lointain, se meut à l'horizon cristallin de la mer ; sur les ondes écumantes, où sautillent les bulles salines lancées en l'air par les rames. Vous entendez passer sur l'eau les sons uniformes des voix et les roulements grandioses de la canonnade qui vous paraissent augmenter de force dans Sébastopol.

La pensée que, vous aussi, vous êtes à Sébastopol, ne peut manquer de vous inspirer un sentiment de virilité et d'orgueil. Le sang commence à couler plus rapidement dans vos veines.

— Votre Seigneurie fera bien de pousser droit sur le *Kistantin*[2], dit le vieux matelot, se retournant pour s'assurer si vous dirigez le gouvernail bien à droite.

— Il a tous ses canons, fait remarquer le garçon aux cheveux de filasse, pendant qu'il inspecte du regard le navire devant lequel passe votre embarcation.

— Cela vient de ce que c'est un bâtiment tout neuf ; Korniloff[3] l'a monté, répond le vieux, considérant le vaisseau à son tour.

— Tiens, il éclate ! s'écrie le jeune garçon au bout d'un long silence.

Ses yeux se sont attachés sur un petit nuage blanc de fumée, presque aussitôt dissipée, et dont l'apparition subite au-dessus de la partie méridionale de la baie a été accompagnée du bruit strident que fait l'explosion d'une bombe.

— C'est la nouvelle batterie qui donne aujourd'hui, ajoute le vieux, crachant placidement dans ses mains. Allons, en besogne, Mischka. Il nous faut rattraper la barcasse.

---

1. La flotte russe réunie dans la mer Noire fut coulée à fond à l'entrée du port de Sébastopol, peu de temps après l'arrivée des flottes ennemies.
2. Le *Constantin*, navire de guerre.
3. Commandant de la flotte russe tué à Sébastopol.

Et votre bateau vole rapidement sur la vaste surface de la baie, rejoint et dépasse en effet la lourde barcasse sur laquelle sont entassés des boulets et que manœuvrent inhabilement des soldats inexercés. Vous abordez près de la Grafskaya, au milieu d'une foule d'embarcations de tout genre amarrées en cet endroit.

Sur le quai se meut la foule bruyante : des soldats en capotes grises, des matelots en vestes noires et des femmes en robes voyantes de diverses couleurs. Des paysannes vendent au détail des boulki[1] ; des paysans ayant à côté d'eux des samovars offrent aux passants du sbitène chaud[2]. Sur les premières marches gisent des boulets rouillés, des obus, de la mitraille, des pièces d'artillerie en fonte de tous les calibres ; un peu plus loin on voit une grande place, où s'aperçoivent çà et là de gigantesques madriers, des affûts, des soldats endormis, des chevaux, des chariots, des canons et des caissons verts, des faisceaux de fusils d'infanterie. Ailleurs des soldats, des matelots, des officiers, des femmes, des enfants, des marchands vont et viennent, des télègues arrivent chargées de foin, de boulets, de tonneaux. De temps à autre passe un Cosaque, un officier à cheval ou un général en voiture.

La rue à droite est obstruée par une barricade dont les meurtrières sont occupées par des canons de moindre dimension, à côté desquels est assis un matelot qui fume sa petite pipe. À droite est une belle maison dont la façade porte une inscription en chiffres romains. Devant cette construction se trouvent arrêtés des soldats et des brancards souillés de sang. Partout on rencontre les vestiges peu agréables d'un camp en temps de guerre.

---

1. Grand pain blanc.
2. Le thé des classes pauvres. C'est une infusion de feuilles de laurier à laquelle on joint un peu de miel.

La première impression que l'on éprouve à cette vue est sans contredit pénible : le mélange singulier des mœurs d'une ville avec celles d'un camp, d'une ville élégante et d'un bivouac croupissant, est non seulement dépourvu de beauté, mais fait l'effet d'une anomalie répugnante ; il vous semble même que tous ces gens sont pris de panique et se donnent beaucoup de mal sans savoir pourquoi. Mais, regardez plus attentivement en face tous ceux qui s'agitent autour de vous et bientôt vous changerez d'avis. Voyez ce soldat du train qui mène à l'abreuvoir les chevaux bais de sa troïka[1] ; il passe en fredonnant tranquillement sa chanson ; dans cette foule mélangée, qui assurément n'existe pas pour lui, il ne s'égarera point, mais va sans hésitation à sa besogne de quelque nature qu'elle soit, qu'il ait à faire boire des chevaux ou à tirer le canon ; et il s'acquitte de sa tâche aussi calmement, aussi silencieusement, mais aussi placidement que s'il était à Toula ou à Saransk. Vous remarquez la même expression dans la physionomie de l'officier qui passe devant vous en gants blancs, d'une irréprochable propreté, dans celle du matelot qui fume, assis sur la barricade, dans celle des soldats qui attendent avec les brancards sur le perron de l'ancien casino, dans celle de la jeune fille qui, craignant de salir sa robe rose, traverse la rue en sautillant d'une pierre à l'autre.

Oui, vous devez vous attendre à une déception, la première fois que vous arrivez à Sébastopol. En vain interrogerez-vous l'un après l'autre les visages pour y reconnaître la trace de l'anxiété, du découragement, de l'enthousiasme, de la résignation à la mort, de la résolution héroïque : vous ne découvrirez rien qui ressemble à tout cela. Vous verrez des gens comme on en voit tous les jours, tranquillement occupés à leurs travaux de

1. Charrette sans bâche.

chaque jour, si bien que vous vous reprocherez votre propre excès d'exaltation et que vous commencerez à douter non seulement de l'héroïsme des défenseurs de Sébastopol, tel que vous vous l'étiez figuré, mais encore de tout ce que l'on vous a dit, de toutes les descriptions que l'on a pu vous faire de l'aspect de la ville au côté nord et de la canonnade qui y retentit comme un roulement de tonnerre.

Cependant, avant de céder au doute, allez aux bastions, voyez agir les défenseurs de Sébastopol sur le lieu de défense même ou, faites mieux encore, entrez tout droit dans cette maison qui était naguère le casino de Sébastopol et dont l'escalier est maintenant occupé par des brancardiers… Vous y verrez les défenseurs de Sébastopol, tels qu'on doit les voir. Vous assisterez à des spectacles horribles, poignants, grandioses et amusants même.

Pénétrez dans la grande salle de l'Assemblée. À peine avez-vous ouvert la porte que vous reculez d'effroi à la vue de quarante à cinquante amputés ou blessés, tous grièvement atteints ; quelques-uns sont couchés sur des lits de camp, tandis que la plupart restent étendus sur le sol. Des émanations fétides vous saisissent à la gorge. N'obéissez point au sentiment qui vous retient sur le pas de la porte : c'est un sentiment mauvais. Entrez résolument ; n'ayez pas honte d'être venu là rien que pour considérer les patients ; ne rougissez pas de vous approcher d'eux, de causer avec eux ; ceux qui souffrent aiment à voir un visage compatissant, parlent volontiers de leurs souffrances et se plaisent à entendre des paroles de sympathie et de pitié. Vous passez entre les rangées de lits, vous cherchez une figure moins austère, moins navrée que la plupart de celles que vous apercevez, et quand enfin vous l'avez trouvée, vous vous arrêtez et vous vous décidez à adresser quelques questions au malade.

— Où es-tu blessé ? demandez-vous d'une voix tremblante qui trahit votre hésitation.

Celui que vous interrogez est un vieux soldat émacié, assis sur son lit. Il vous a suivi d'un regard bienveillant qui vous a invité à venir plus près de lui. Vous l'avez, dis-je, interrogé avec hésitation parce que la vue de cet homme qui souffre vous inspire non seulement une sincère compassion, mais aussi la crainte de le froisser en même temps qu'un profond respect.

— Au pied, répond le soldat.

Vous remarquez alors aux plis de la couverture que la jambe lui a été coupée au-dessus du genou.

— Maintenant, grâce à Dieu, ajoute-t-il, je vais pouvoir sortir d'ici.

— Y a-t-il longtemps que tu es blessé ?

— Voici plus de six semaines, Votre Seigneurie.

— Souffres-tu encore ?

— Non, je ne souffre plus, à moins qu'il ne fasse mauvais — mais cela ne signifie rien.

— Comment as-tu été blessé ?

— Sur le cinquième bastion, Votre Seigneurie, lors du premier bombardement. J'avais pointé mon canon, et je me reculais… dans l'autre embrasure, quand il m'a atteint au pied ; je croyais avoir mis le pied dans un trou, et puis… plus de pied.

— Tu as dû ressentir, dans le premier moment, une très grande douleur ?

— Non, peu de chose ; c'était comme si j'avais plongé ma jambe dans quelque chose de bouillant.

— Et ensuite ?

— Ensuite, rien ; seulement, quand ils ont commencé à tendre la peau, cela m'a démangé un peu. Le tout est, Votre Seigneurie, de ne penser à rien ; quand on ne pense pas, cela ne vous fait rien. Tout vient de ce que l'homme ne peut s'empêcher de penser.

À ce moment s'approche du lit une femme en robe à raies grises, avec un serre-tête noir. Elle se mêle à votre conversation avec le matelot, et se met à vous faire le récit de tout ce qu'il a enduré, de son état désespéré pendant quatre semaines ; comme quoi, après avoir été blessé, il avait, pendant qu'on le transportait, fait arrêter le brancard pour voir une salve de notre batterie ; comme quoi les grands-ducs lui avaient parlé et donné un cadeau de vingt-cinq roubles, et comme quoi il leur avait dit qu'il remonterait sur le bastion pour instruire les recrues, puisqu'il ne pouvait plus servir lui-même.

Tout cela est raconté d'une haleine, et les regards de la brave femme vont de vous au soldat, qui a tourné la tête et fait semblant de ne pas l'entendre, en continuant à faire de la charpie sur son oreiller. Les yeux de la femme ont un éclat qui vous frappe.

— C'est ma femme, Votre Seigneurie, dit le marin d'un ton qui signifie : Excusez-la, on connaît les idées de femmes, des bêtises…

Vous commencez à comprendre les défenseurs de Sébastopol. Vous commencez, en présence de cet homme, à rougir de vous-même. Vous voudriez poursuivre la conversation pour lui exprimer votre sympathie et votre admiration, mais vous ne trouvez point de paroles qui répondent à vos sentiments, et vous vous inclinez silencieusement devant cette grandeur, calme et inconsciente, devant cette force d'âme et cette pudeur du mérite personnel.

— Que Dieu te donne bientôt la guérison, lui dites-vous, et vous faites quelques pas pour vous arrêter devant un autre patient, qui gît par terre et semble, au milieu d'atroces souffrances, attendre la mort.

C'est un homme blond, la figure bouffie, pâle. Il est couché sur le dos, la main gauche repliée en arrière, dans une attitude qui trahit une violente souffrance. La bouche sèche, ouverte, n'exhale qu'avec peine un souffle râlant. Les yeux bleus, fixes, sont tournés, et de la couverture rejetée sort le moignon du bras droit enveloppé de bandages. Une odeur de cadavre vous saisit, et le feu intérieur qui pénètre tous les membres du pauvre patient et le dévore semble vous consumer en même temps.

— Est-il sans connaissance ? demandez-vous à la femme qui vous suit et vous regarde affectueusement comme elle ferait d'un parent.

— Non, il entend encore, mais il est très mal, répond-elle tout bas, presque en chuchotant. Je viens de lui donner une tasse de thé. Quoiqu'il ne soit qu'un étranger pour moi, je ne puis m'empêcher d'avoir pitié de lui. Mais il n'a presque rien bu.

— Comment te sens-tu ? lui demandez-vous.

Le blessé tourne la tête du côté d'où vient la voix ; mais il ne voit et ne comprend pas.

— C'est au cœur que ça brûle !

Un peu plus loin, vous voyez un vieux soldat qui change de linge. Son visage et son corps, qui ont la couleur de la cannelle, sont d'une maigreur de squelette. Il n'a plus qu'un bras, l'autre est désarticulé à l'épaule. Il est assis, l'air résolu, mais son regard éteint et triste, son affreuse maigreur et les rides de son front vous font deviner que, pour cet être, la meilleure moitié de la vie est déjà écoulée.

Vis-à-vis de lui, vous apercevez la figure blême, mais encore gracieuse, d'une femme dont la rougeur de la fièvre empourpre la joue.

— C'est la femme d'un matelot, nous dit notre guide ; le 5 de ce mois, elle a été atteinte au pied par une bombe. Elle portait à dîner à son mari qui était de service sur le bastion.

— Et ce pied, le lui a-t-on amputé ?

— Oui, on lui a coupé la jambe au-dessus du genou.

Si vous avez les nerfs endurcis, vous passez par la porte et vous entrez à gauche dans la chambre où l'on fait les pansements et les opérations. Vous y verrez des chirurgiens, les bras tachés de sang jusqu'aux coudes, le visage pâle et sérieux, entourant un lit de camp, sur lequel est étendu un blessé, les yeux ouverts, délirant, prononçant des paroles tantôt insignifiantes, tantôt émouvantes, mais ne sentant rien parce qu'on l'a chloroformé. Les médecins ne s'occupent que de l'amputation, besogne répugnante mais bienfaisante.

Vous verrez le couteau tranchant, recourbé, entrer dans les chairs blanches et saines ; vous verrez le blessé recouvrer tout à coup ses sens et vous l'entendrez pousser des cris déchirants, des imprécations ; vous verrez le chirurgien jeter dans un coin le bras coupé ; vous verrez, sur une civière dans la même pièce, un autre blessé qui assiste à l'opération que subit son camarade ; il se tord, il gémit, moins sous l'empire de la douleur physique que parce qu'il est en proie à la torture morale de l'attente. Vous verrez des scènes affreuses qui remueront tout votre être ; vous assisterez au spectacle de la guerre, non point avec ses rangées de soldats bien alignés, tambours et musique en tête, les drapeaux flottant au vent, les généraux lancés au galop, mais la guerre telle qu'elle est en réalité, offrant partout l'aspect du sang, de la souffrance, de la mort…

Au sortir de cet asile de douleur, vous éprouvez un sentiment de bien-être, vous respirez à pleins poumons l'air frais et vous ressentez une profonde satisfaction en constatant que vous-même, vous vous portez bien, mais, en même temps, la vue de toutes ces souffrances vous a fait comprendre votre propre néant ; et calmement, sans hésitation, vous vous rendez au bastion.

Alors vous vous dites : « Que sont la souffrance ou la mort d'un insignifiant vermisseau comme moi, en comparaison de tant de morts et de tant de souffrances ? »

Cependant la vue du ciel pur, du soleil resplendissant, des beautés de la ville, des églises ouvertes, des soldats qui se répandent de tous côtés, ramène bientôt votre esprit à son état normal d'insouciance, de mesquines préoccupations, de considérations d'intérêt personnel.

Peut-être verrez-vous, chemin faisant, sortir de l'église le convoi funèbre d'un officier, le cercueil rouge, précédé ou suivi de la musique et des bannières ; peut-être la canonnade qui vient du bastion avec le fracas du tonnerre frappera-t-elle vos oreilles ; mais rien ne vous fera plus remonter le cours de vos pensées. L'enterrement vous fera tout simplement l'effet d'une belle parade militaire, et vous ne ferez aucun rapprochement entre ce déploiement de troupes, ces grondements, et les idées de souffrance et de mort que vous aviez, lorsque vous étiez dans la salle des opérations.

Après avoir dépassé l'église et la barricade, vous arrivez au quartier le plus animé de la ville. Des deux côtés de la rue, vous ne voyez qu'enseignes de magasins, marchands, femmes en chapeaux, en coiffes, officiers élégants, tout ce qui témoigne du courage, de l'assurance, de la sécurité de la population.

Entrez dans un restaurant à droite, si vous voulez assister aux conversations des marins et des officiers. On y parle très probablement de ce qui s'est passé la nuit dernière, de l'affaire du 24, du prix exorbitant ou du bon marché des côtelettes, de l'un ou l'autre camarade qui a péri.

— Le diable m'emporte, on ne saurait être plus mal chez nous ! s'exclame d'une voix de basse un officier de marine au visage imberbe, aux sourcils blancs et portant une écharpe verte tricotée.

— Où, chez vous ? demande un autre.

— Au quatrième bastion, répond le jeune officier ; et à ces mots, « au quatrième bastion », vous regardez plus attentivement, et avec une sorte de respect, l'officier aux sourcils blancs.

Son sans-gêne d'ailleurs excessif, ses balancements de bras, ses éclats de rire et sa voix qui vous ont d'abord paru d'une hardiesse déplacée ne sont plus maintenant pour vous que cette attitude de bretteur qu'affectent les tout jeunes gens après avoir affronté un danger. Vous vous attendez à lui entendre dire qu'on n'est si mal au quatrième bastion que parce qu'il y pleut des boulets et des obus ; point du tout : c'est tout bonnement parce qu'on y piétine dans la boue.

— Impossible d'aller jusqu'à la batterie, dit-il, en montrant ses bottes crottées jusqu'au-dessus du mollet.

— Nous avons perdu aujourd'hui notre meilleur chef de pièce, dit un autre. Frappé juste au front.

— Qui ? Mitiouchine ?

— Non... M'apportera-t-on à la fin mon rôti de veau ? Ces coquins ! dit-il en s'adressant à un garçon. Non, pas Mitiouchine, Abramoff, un brave. Il avait pris part à six sorties.

À l'autre bout de la table, deux officiers d'infanterie achèvent leur repas, composé de côtelettes aux petits pois arrosées d'un vin suret de Crimée auquel on donne le nom de Bordeaux. L'un a le collet rouge et deux étoiles sur la capote. Il est tout jeune, et raconte à son compagnon, qui a le collet noir sans étoiles, les incidents de la bataille de l'Alma. Le premier est un peu gris, il s'interrompt fréquemment dans son récit ; l'indécision de son regard fait soupçonner qu'on n'ajoute pas foi à ce qu'il dit, et surtout que le rôle qu'il s'attribue dans sa narration est trop beau, et à tout prendre, trop partialement présenté à son avantage ; on devine qu'il s'écarte beaucoup de la vérité. D'ailleurs, vous ne prenez guère d'intérêt à ces histoires que vous entendrez longtemps encore, partout où vous irez en Russie. Vous n'avez plus qu'une envie : c'est d'aller le plus vite possible vous-même aux bastions, et de monter tout d'abord sur le quatrième, dont on vous a fait tant de versions contradictoires.

Ceux qui disent qu'ils ont été au quatrième bastion, le disent avec une satisfaction mêlée d'orgueil ; on voit qu'ils n'en parlent qu'avec une certaine émotion ou avec une affectation de sang-froid tout à fait manifeste. Quand on veut se moquer de quelqu'un, on ne manquera pas de lui conseiller : « Allez donc au quatrième bastion. » Lorsqu'on voit passer un brancard et qu'on demande d'où il vient, la réponse est presque invariablement : « Du quatrième bastion. »

Il y a donc deux opinions bien distinctes sur ce terrible bastion ; celle de ceux qui n'y sont jamais montés et qui sont convaincus que le quatrième bastion est une tombe inévitable pour quiconque est chargé de le défendre ; et puis celle de ceux qui y sont régulièrement de service, comme l'enseigne de marine aux sourcils blancs et qui, lorsque vous leur parlez du quatrième bastion, vous répondent tout simplement qu'il y fait sec ou boueux et que dans les casemates on a chaud ou froid.

Pendant la demi-heure que vous avez passé au restaurant le temps a changé : le brouillard étendu sur la mer s'est transformé en nuage gris, opaque, pluvieux, voilant le soleil ; il tombe une pluie fine comme de la poussière, qui mouille les toits, les trottoirs, les capotes des soldats.

Vous rencontrez encore une barricade, puis vous gagnez par la porte à droite une longue rue en pente raide. Derrière la barricade les maisons des deux côtés de la rue sont inhabitées ; plus d'enseignes au-dessus des magasins, les ouvertures des portes sont fermées avec des planches, les fenêtres enfoncées ; ici un pan de mur abattu, là un toit percé. Les habitations semblent toutes vieilles. On dirait des vétérans, qui ont eu à souffrir bien des maux, et vous regardent avec dédain. Chemin faisant vous voyez des boulets épars, des trous remplis d'eau, creusés par les bombes dans le sol pierreux. Vous vous croisez avec des détachements de soldats, de Cosaques tchernomores[1], des officiers ; rarement vous apercevez une femme, un enfant ; mais point de femmes en chapeau. De loin en loin, quelque femme de matelot, en vieille jaquette de fourrure, des bottes de soldat aux pieds.

Vous suivez la rue, vous descendez une petite pente, et vous ne voyez plus de maisons autour de vous ; rien que d'étranges amas de pierres, de planches, de glaise, de poutres ; devant vous sur la pente vous distinguez un espace noir, fangeux, coupé de fossés : c'est là le quatrième bastion.

On y trouve encore moins de gens ; plus de femmes du tout ; des soldats qui hâtent le pas ; des flaques de sang, quatre hommes portant un brancard sur lequel s'aperçoit un visage blême, jaunâtre, et une capote ensanglantée. Vous demandez : « Où est-il blessé ? » Les porteurs vous répondent d'un ton bourru sans même vous regarder : « À la jambe » ou « au bras » si la blessure est légère ; ou bien ils passent silencieux et farouches si l'on ne voit plus de tête, si celui qu'ils transportent est mort ou dans un état désespéré.

En même temps le sifflement des boulets et des obus vous produit une impression désagréable pendant que vous commencez à gravir la montagne. Tout à coup vous appréciez tout autrement que vous ne l'aviez fait jusqu'alors la signification de la canonnade que vous avez entendue dans la ville. Il y a comme un souvenir calme et doux qui se réveille en vous : vous êtes plus occupé de vous-même, de votre moi, que de tout ce qui vous entoure. Rien n'attire plus votre attention. Un sentiment pénible d'irrésolution s'empare tout entier de vous. Toutefois vous ne prenez point garde,

---

1. De la mer Noire.

en face du danger, à cette voix de la lâcheté qui parle au dedans de vous ; vous lui imposez silence, surtout quand vous voyez les soldats gesticulant glisser dans la boue en dévalant de la hauteur et passer au trot à côté de vous en riant. Vous redressez la poitrine et la tête et vous grimpez à votre tour sur la montagne en vous empâtant dans la glaise. À peine avez-vous fait quelques pas, qu'à droite et à gauche de vous éclatent les fusillades. Vous vous demandez s'il ne vaudrait pas mieux prendre par la tranchée qui court parallèlement au chemin ; mais cette tranchée est remplie jusqu'à hauteur du genou d'une boue liquide, jaune, fétide ; vous vous décidez à continuer l'ascension de la montagne, d'autant plus que vous voyez tout le monde faire de même.

Au bout de deux cents pas, vous débouchez sur un terrain fangeux, défoncé, entouré de tous côtés de gabions, de fascines, de tranchées, de plate-formes, de remblais sur lesquels se trouvent d'énormes pièces d'artillerie et des tas de boulets empilés symétriquement. Tout cela vous paraît entassé sans but, sans ensemble et sans ordre. Ici, sur une batterie, est assis un petit groupe de marins ; là, au milieu de la place, gît, enfoncé dans la glaise, un canon brisé ; un fantassin muni de son fusil enjambe la batterie et parvient avec peine à retirer ses pieds de la boue qui le tient empêtré. Vous ne voyez partout que des éclats d'obus, des bombes qui n'ont pas éclaté, des boulets, des traces de la vie des camps, le tout englué dans cette boue liquide et collante. Il vous semble entendre tout près de vous partir un boulet ; vous croyez distinguer les crépitements de la fusillade, le sifflement des balles, semblable à un essaim d'abeilles qui passent rapidement en bourdonnant ou bien aux vibrations d'une corde d'instrument. Vous percevez le bruit de la canonnade, pareil au fracas du tonnerre, qui vous fait éprouver une terrible secousse et vous remplit d'épouvante.

Voilà donc le quatrième bastion, cet endroit tant redouté et vraiment effroyable ! pensez-vous en ressentant un petit mouvement d'orgueil en même temps que le sentiment puissant de la peur qu'on maîtrise. Ne vous laissez pas prendre à cette illusion : ce n'est pas encore le quatrième bastion. Ce n'est que la redoute de Jasanoff, un endroit relativement dangereux, mais qui n'offre d'ailleurs rien d'effrayant. Pour arriver au quatrième bastion, vous prenez à gauche, par l'étroite tranchée où vient de s'engager ce fantassin qui avance en se baissant. Dans cette tranchée, vous rencontrerez peut-être d'autres brancards, des matelots, des soldats armés de bêches ; vous verrez des fils conducteurs de mines, des abris en terre assis dans la boue et, bien que deux hommes à peine puissent s'y loger en s'accroupissant, vous y apercevrez des Cosaques appartenant aux bataillons tchernomores, qui y changent de bottes, y mangent, y fument, y vivent. Vous y découvrirez partout la même boue infecte, les mêmes vestiges d'un camp de guerre, les mêmes batteries renversées çà et là pêle-mêle.

Poussez encore trois cents pas plus loin, vous arrivez à une nouvelle batterie, à une esplanade remplie de fossés et entourée de gabions, de remblais, de canons sur des plate-formes, d'ouvrages en terre. Ici, vous remarquerez très probablement quatre ou cinq matelots, qui, à l'abri du parapet, jouent aux cartes ; un officier de marine, voyant en vous un nouvel arrivant, s'empresse avec plaisir de vous laisser inspecter son emménagement et tout ce qui peut vous intéresser. Cet officier, assis sur un canon, roule placidement entre ses doigts sa cigarette de papier jaune. Il va placidement d'une meurtrière à l'autre. Il vous parle placidement sans affectation ; si bien que, sans prendre garde aux boulets et aux balles qui sifflent maintenant à vos oreilles en plus grand nombre qu'auparavant, vous commencez à recouvrer vous-même votre sang-froid ; vous interrogez l'officier, vous écoutez attentivement ses explications. Il vous donnera — bien entendu si vous l'en priez — tous les détails du bombardement du 5 mai ; il vous dira que de toute sa batterie, il ne restait plus qu'un seul canon en état de servir avec huit servants, ce qui ne l'a pas empêché, le 6 au matin, de faire feu de toutes ses pièces ; il vous racontera que le 5, un obus tomba sur un abri en terre et mit huit hommes hors de combat ; il vous montrera, à travers une embrasure, les batteries et les tranchées de l'ennemi et il ajoutera qu'elles ne sont pas à plus de soixante à quatre-vingts mètres d'ici. Je ne crains qu'une chose, c'est qu'en avançant la tête dans l'embrasure pour mieux voir l'ennemi, vous ne voyiez rien du tout ; ou que, voyant quelque chose, vous ne soyez tout stupéfait d'apprendre que ce mur de pierres, qui est là tout proche de vous, et au-dessus duquel montent des colonnes de fumée blanche, que ce mur blanc est tout bonnement l'ennemi, « lui », comme disent les soldats et les marins.

Il se peut aussi que l'officier de marine, soit vanité, soit simple amusement, se passe la fantaisie de faire tirer quelques coups de canon, pendant que vous êtes là.

— Allons, le chef et les servants à vos pièces !

Quatorze marins s'approchent gaiement, l'air animé ; l'un fourre sa pipe dans sa poche, l'autre achève de mâcher son biscuit. Leurs gros souliers ferrés résonnent en cadence sur la plate-forme. Ils se mettent en devoir d'affûter le canon, de le charger. Examinez les figures, l'attitude, les mouvements de ces hommes : chaque pli de leur visage hâlé, leurs pommettes saillantes, leur musculature, leur poitrine large, leurs pieds épais enfouis dans des bottes de géant, leurs gestes calmes, décidés, exempts de tout ahurissement, tout en eux révèle ce qui fait la force du soldat russe : la simplicité et l'opiniâtreté. Mais ici, il vous semble que les dangers, les souffrances et les maux de la guerre ont encore ajouté à ces marques caractéristiques l'expression du sentiment de la valeur personnelle et celle de l'élévation de la pensée.

Tout à coup vous entendez un fracas effroyable qui n'ébranle pas seulement votre ouïe, mais tout votre corps, et vous fait frissonner des pieds à la tête. Immédiatement après, le sifflement de la décharge, qui va s'éloignant, frappe votre oreille. Une épaisse fumée de poudre vous enveloppe ainsi que la plate-forme et les figures noires des matelots qui sont occupés à la manœuvre. Celle-ci donne lieu entre eux à un échange de propos ; vous remarquez leur enthousiasme, vous constatez qu'ils obéissent à un sentiment que vous ne vous attendiez peut-être pas à rencontrer chez eux ; le sentiment de la haine, de la vengeance, caché au fond de tous les cœurs.

— Il est tombé tout droit dans l'embrasure ; on dirait que nous leur en avons tué deux… voici qu'on les emporte.

Une exclamation de joie accompagne ces paroles.

— Hein ! voilà qu'ils se fâchent. On va nous répliquer, dit une voix.

Et en effet, un instant après, vous voyez un éclair et de la fumée.

La sentinelle debout sur le parapet crie : « Canon ! » Une seconde plus tard, un boulet passe en sifflant à côté de vous, tombe sur le sol avec un claquement, et projette autour de lui, comme au sortir d'un entonnoir, une grêle de boue et de pierres. Le commandant de la batterie s'irrite de cette riposte, donne l'ordre de faire partir un deuxième, un troisième canon ; l'ennemi de son côté s'acharne à la réplique, et vous commencez à éprouver des sensations intéressantes, à voir, à entendre des choses tout à fait curieuses. La sentinelle crie de nouveau : « Canon ! » et vous assistez à la même détonation, au même coup, au même jaillissement.

Parfois aussi elle crie : « Mortier ! » et alors vous entendez le sifflement régulier et du reste peu désagréable d'un obus. Rien n'éveille en vous, à ce bruit, une idée de terreur. Vous entendez le sifflement arriver vers vous de proche en proche, puis vous voyez un corps noir, rond… vous éprouvez la secousse que donne la chute d'un objet pesant, et l'obus éclate en crépitant. Les éclats volent en tous sens, sifflent, grincent, les pierres bourdonnent en fendant l'air, vous êtes tout éclaboussé de boue. Tout ces sons font naître en vous une sensation étrange, qui tient à la fois du contentement et de la peur. Au moment même où le projectile — vous n'en doutez pas — arrive sur vous, surgit dans votre esprit la conviction qu'il va vous tuer ; mais l'amour-propre fait que vous restez debout et personne ne voit le poignard qui vous entre lentement dans le cœur. Aussi, vous sentez-vous renaître quand le projectile est passé sans vous atteindre, et une sensation d'une douceur, d'un charme indicible s'empare de tout votre être, ne fût-ce que pour un moment ; si bien que vous commencez à trouver je ne sais quelle volupté tout à fait particulière à ce danger, à ce jeu de la vie et de la mort ; vous allez même jusqu'à souhaiter que les boulets, les obus tombent plus près de vous.

Cependant, la sentinelle d'une voix sonore et forte, a crié : « Mortier ! » Nouveau sifflement, nouveau coup, nouvelle explosion d'un obus ; mais cette fois, à ces bruits, se mêle un gémissement humain. Vous vous précipitez avec les brancardiers vers le blessé, étendu dans la boue et le sang, et qui n'a déjà plus l'aspect d'un homme. C'est un marin ; il a une partie de la poitrine arrachée. Dans le premier instant, son visage souillé de boue n'exprime que l'épouvante et cette sensation qu'on pourrait appeler plutôt feinte que réelle, cette souffrance anticipée qui est le propre de l'homme en pareil cas. Mais, dès qu'on a approché le brancard et qu'il s'y est couché lui-même sur le côté qui n'a pas été atteint, vous remarquez que cette expression de douleur et de crainte prématurées fait place à une sorte d'exaltation, à une pensée élevée et contenue ; les yeux sont pleins de feu, les deuils se serrent, la tête se redresse ; on voit que le blessé fait appel à toute son énergie. Quand on enlève la civière il demande aux brancardiers d'attendre encore un moment, puis d'une voix lente, tremblante, il dit à ses camarades :

— Adieu, frères !

Il veut ajouter quelque chose ; on voit qu'il s'efforce de trouver quelque parole touchante, mais il ne fait que répéter :

— Adieu, frères !

Un marin s'approche de lui, un de ses camarades, lui met sur la tête le bonnet que le blessé lui tend et retourne ensuite calmement, les bras ballants, à son canon.

— Il y en a sept à huit par jour qui s'en vont ainsi, vous dit l'officier de marine en réponse à l'expression de stupeur et d'effroi qui se peint sur votre visage.

Puis il bâille et roule sa cigarette de papier jaune.

LE PORTE-DRAPEAU

RÉCIT D'UN VOLONTAIRE

I

Le 22 juillet le capitaine Chlopoff se présenta à la porte basse de ma hutte en terre. Il portait les épaulettes et le shashka[1] ; tenue que je ne lui avais pas encore vue depuis mon arrivée au Caucase.

— Je viens de chez le colonel, dit-il, répondant au regard interrogateur que je lui adressais en manière de salut. Notre bataillon part demain.

— Pour où ? demandai-je.

— Pour P… C'est le point de ralliement des troupes.

— Et de là on nous enverra sans doute en expédition ?

— Sans aucun doute.

— Pour où ? Que croyez-vous ?

— Que croirais-je ? Je vous dis ce que je sais. Cette nuit un Tartare est arrivé du quartier général. Il apportait l'ordre de faire partir le bataillon avec provision de biscuit pour deux jours. Où l'on va, combien de temps on sera en route, cela, petit père, on

1. Sabre des Caucasiens.

ne le dit point. On nous commande de marcher — et puis suffit.

— Mais si l'on n'emporte que pour deux jours de biscuit, c'est une preuve que l'expédition ne sera pas de plus longue durée.

— Eh ! cela ne veut pas dire…

— Comment ! m'exclamai-je étonné.

— Eh ! oui, nous sommes partis pour Dargo ; nous n'avions de biscuit que pour une semaine, nous sommes restés un mois.

— Et je pourrai partir avec vous ? demandai-je après quelques instants de silence.

— C'est probable ; mais je ne vous conseille pas de nous accompagner. À quoi bon vous exposer à un danger ?

— Permettez-moi de ne pas suivre votre avis. Voilà un mois que je suis ici, attendant l'occasion de voir une bataille, et vous voulez que cette occasion je la laisse passer sans en profiter ?

— Soit, venez donc. Mais ne vaudrait-il pas mieux que vous puissiez rester ici ? Vous attendriez notre retour, entre-temps vous iriez à la chasse et vous nous laisseriez partir à la grâce de Dieu. Oh ! ce serait magnifique, ajouta-t-il, d'un air si convaincu qu'au premier moment je crus réellement que son plan était magnifique.

Cependant je déclarai résolument qu'à aucun prix je ne resterais en arrière.

— Et qu'y a-t-il là-bas que vous n'ayez déjà vu ? reprit le capitaine en poursuivant son argumentation. Est-ce parce que vous tenez à apprendre comment on se bat ? Lisez donc la *Description de la guerre* de Michaïlovsky-Danilewsky, un livre superbe ; tout y est indiqué avec la plus minutieuse précision, la position et les mouvements des divers corps d'armée et de leurs subdivisions, les diverses phases de la bataille.

— Point du tout, cela ne m'intéresse pas, répondis-je.

— Qu'est-ce donc que vous cherchez ? On dirait que vous avez tout simplement envie de voir les gens s'assommer… Tenez, en 1832, il y avait ici un civil, comme vous, un Espagnol, si je ne me trompe. Il nous a suivis, en capote bleue, dans deux expéditions. On ne l'a pas épargné plus que les autres, le jeune homme. Votre idée ne surprendra personne ici, petit père.

Je rougis de voir le capitaine interpréter si mal mon dessein, mais je ne voulus pas me donner la peine de le faire revenir de ses préventions.

— Il était donc brave ? demandai-je.

— Dieu sait ce qu'il était ; on le voyait toujours au premier rang ; il ne se tirait pas un coup de fusil qu'il ne se trouvât là.

— Donc il était brave, dis-je.

— Non, ce n'est pas être brave que de courir où l'on n'a pas besoin de vous.

— Qu'appelez-vous donc être brave ?

— Être brave ? être brave ? répéta le capitaine de l'air d'un homme à qui l'on adresse pour la première fois une pareille question. L'homme brave est celui qui se conduit comme il faut, dit-il après une courte réflexion.

Je me rappelais que Platon regarde la bravoure comme la *connaissance de ce qu'on doit craindre et de ce qu'on ne doit pas craindre* ; et sans m'attacher à ce qu'il y avait de général et de vague dans la définition du capitaine, je voulus bien admettre qu'au vrai la pensée fondamentale de l'un et de l'autre n'était pas aussi différente qu'on eût pu le croire, et que la définition du capitaine était même plus frappante que celle du philosophe grec, puisque, s'il avait pu s'exprimer comme Platon, il n'aurait pas manqué de dire : l'homme brave est celui qui ne craint que ce que l'on doit craindre et ne craint pas ce que l'on ne doit pas craindre.

Je voulus expliquer mon opinion au capitaine.

— Il me semble en effet, dis-je, que lorsqu'il s'agit d'un danger on a toujours le choix, et que le choix que l'on fait sous l'influence par exemple du sentiment du devoir est de la bravoure, tandis que le choix qui n'est dicté que par un sentiment bas est de la lâcheté. Ainsi un homme qui expose sa vie parce qu'il aspire à la renommée, parce qu'il veut satisfaire sa curiosité ou désire acquérir un bien qu'il convoite, ne saurait être appelé brave, tandis qu'on ne peut donner le nom de lâche à celui qui, obéissant à ses devoirs envers sa famille ou simplement à sa conviction, évite le danger.

Pendant que je parlais, le capitaine me considérait avec un regard d'une expression étrange.

— C'est ce que je ne puis vous démontrer, dit-il, en bourrant sa pipe ; mais il y a chez nous un gentilhomme qui aime à philosopher. Vous causerez avec lui. Il fait des vers.

Je n'avais appris à connaître le capitaine de près que depuis que j'étais au Caucase, mais j'avais déjà entendu parler de lui en Russie. Sa mère, Marie Ivan Ovna Chlopoff, une petite propriétaire, demeurait à deux verstes de mon domaine. Avant mon départ pour le Caucase, je lui avais fait une visite. La bonne vieille fut tout heureuse d'apprendre que j'allais voir son Paschenka (c'est le nom qu'elle donnait au vieux capitaine à cheveux blancs) et que — comme une lettre vivante — j'allais être en état de lui raconter ce qu'elle faisait, comment elle vivait, en même temps que je pouvais donner au fils des nouvelles de sa mère. Après m'avoir servi d'excellentes pirogues[1] accompagnées de poulet, Maria Ivanovna entra dans sa chambre à coucher et revint avec une grande amulette noire à laquelle était cousu un ruban de soie de même couleur.

1. Les pirogues sont des pâtés de viande ou de poisson très recherchés des Russes, dont ils sont un mets national.

— C'est ma patronne, dit-elle ; et se signant, elle baisa l'image de la Vierge qu'elle me donna. Soyez assez bon, petit père, de la lui porter. Voyez-vous, quand il partit pour le Caucase, j'ai fait dire des prières à l'église et j'ai fait vœu de faire faire cette image de la mère de Dieu, s'il restait vivant et sain et sauf. Il y a maintenant dix-huit ans que ma patronne et les saints lui sont propices ; il n'a pas été blessé une seule fois et pourtant à quels combats n'a-t-il pas déjà assisté… Ce que Michaïloff, qui était avec lui, m'a rapporté, vous aurait fait, croyez-moi, dresser les cheveux sur la tête. Tout ce que je sais de lui, je l'ai appris par d'autres ; il ne me parle jamais lui-même dans ses lettres de ses expéditions, le cher enfant, il craint de me donner des inquiétudes.

(Au Caucase, j'appris, mais pas de la bouche du capitaine, qu'il avait été blessé quatre fois, mais il était tout naturel que de ses blessures et de ses expéditions il n'eût rien dit à sa mère.)

— Dites-lui, continua-t-elle, de porter cette sainte image sur le corps. Je lui envoie en même temps ma bénédiction. Ma sainte patronne le protégera. Surtout qu'il ne la quitte pas dans les batailles. Dites-lui bien, petit père, que c'est sa mère qui le lui a recommandé expressément.

Je promis d'exécuter ponctuellement la commission.

— Je sais que vous l'aimerez tout de suite, mon Paschenka, poursuivit-elle. Croiriez-vous qu'il ne se passe pas une année qu'il ne m'envoie de l'argent ? Et il vient aussi bien souvent en aide à ma fille Announshka. Et tout cela il le prend sur sa paie. Je remercie le bon Dieu, acheva-t-elle les larmes aux yeux, de m'avoir donné un tel fils.

— Vous écrit-il souvent ? demandai-je.

— Rarement, petit père. Rien qu'une fois tous les ans, et quand il envoie de l'argent, il y ajoute un petit mot et c'est tout. « Si je ne t'écris pas, petite mère, dit-il, c'est signe que je vis et me porte bien ; et si, Dieu m'en garde, il m'arrivait quelque accident, je m'empresserais de te le faire savoir. »

Quand je remis au capitaine le cadeau de sa mère — c'était chez moi — il me demanda un morceau de papier pour l'envelopper, empaqueta soigneusement l'image et la mit dans sa poche.

Je lui rapportai tout ce que je savais de sa mère. Le capitaine se taisait. Quand j'eus fini, il alla dans un coin de la chambre et y resta tout un temps à bourrer sa pipe.

— Oui, c'est une excellente femme, me dit-il sans bouger de place et d'une voix sourde. Dieu veuille que je la revoie un jour !

Il y avait dans ces paroles toutes simples immensément d'amour filial et de tristesse.

— Pourquoi restez-vous ici au service ? demandai-je.

— Il faut que je reste ici, répondit-il d'un ton de conviction. La solde double que je reçois est nécessaire à mon frère, un pauvre diable.

Le capitaine vivait avec la plus grande économie, il ne jouait pas aux cartes, buvait peu et fumait un tabac commun qu'il appelait, je ne sais pourquoi, non du tabac de paysan, mais des miettes de pain.

Le capitaine avait eu bien vite toutes mes sympathies ; il possédait une de ces physionomies douces, ordinaires en Russie, que l'on aime à regarder en face, mais après cette conversation, il m'inspira une haute estime.

II

Le lendemain, le capitaine vint me chercher à quatre heures du matin.

Il portait un vieux paletot usé, sans épaulettes, un pantalon blanc lesghien, une papasha[1] blanche, une

---

1. Papasha, diminutif de papa'sh, bonnet de fourrure des Tcherkesses.

kourpéi[1] devenue jaune et en bandoulière sa shaska asiatique. Le mashtak[2] blanc qu'il montait allait la tête baissée, d'un pas d'amble très lent, et remuait constamment sa queue peu fournie.

Quoique la stature du capitaine n'eût rien de martial et qu'il ne pût prétendre en rien à la beauté, tout en lui révélait une égalité d'âme qui contrastait avec ce qui l'entourait et éveillait malgré soi le respect.

Je ne le fis pas attendre une minute et montai en selle aussitôt. Nous sortîmes ensemble par la porte de la forteresse.

Le bataillon avait déjà quatre cents mètres d'avance sur nous et ressemblait à une masse noire compacte se mouvant au loin. On pouvait deviner que c'étaient des fantassins, rien qu'aux baïonnettes qui brillaient comme un tas de longues aiguilles. Par moments, arrivaient aux oreilles une chanson de soldat, un roulement de tambour, et la magnifique voix de ténor du guide de la sixième compagnie, qui m'avait souvent enchanté dans la forteresse.

Le chemin conduisait à travers une large et profonde balka[3] le long d'un cours d'eau insignifiant, débordé à cette époque. Des bandes de ramiers s'entrecroisaient sur ses rives, tantôt s'abattant sur la berge rocheuse, tantôt disparaissant aux regards et s'élevant dans l'air, où ils décrivaient de grands cercles.

Le soleil se cachait encore, mais le sommet de la paroi droite du défilé commençait à s'éclairer. Des roches grises et blanches, des mousses d'un vert jaunâtre, couvertes de rosée, des buissons d'épines et de néfliers apparaissaient très visiblement dans la lumière transparente et dorée de l'Orient. Par contre, l'autre

---

1. Kourpéi, nom qu'on donne au Caucase à la peau de mouton.
2. Mashtak, nom d'un petit cheval dans le dialecte du Caucase.
3. Balka, mot appartenant au dialecte du Caucase et signifiant chemin creux, défilé, gorge.

côté et le chemin creux s'enveloppaient d'un épais brouillard, qui s'étageait en couches inégales, semblable à de la fumée humide, sombre et offrant un incroyable mélange de couleurs : lilas pâle, noir presque foncé, vert sombre et blanc.

Devant nous scintillaient sur le bleu foncé de l'horizon, avec une surprenante netteté, les masses toutes blanches et mates des montagnes avec leurs ombres et leurs contours d'une merveilleuse beauté, jusque dans les moindres détails. Des grillons, des naïades et des milliers d'autres insectes s'éveillaient dans les hautes herbes et remplissaient l'air de leurs accents clairs et ininterrompus ; une innombrable quantité de toutes petites clochettes semblaient sonner dans le tympan même de l'oreille. L'atmosphère avait des senteurs d'eau, d'herbe, de brouillard ; en un mot, comme après une belle matinée de printemps.

Le capitaine battit le briquet et alluma sa pipe. L'odeur du tabac de miettes et de l'amadou me parut extraordinairement agréable.

Nous courions à côté du chemin pour rattraper plus vite l'infanterie. Le capitaine était plus pensif que d'habitude. Il ne retira pas une seule fois sa pipe du Daghestan de sa bouche, et enfonçait à chaque pas ses talons dans les flancs de son petit cheval qui, chancelant d'un côté à l'autre, laissait dans les hautes herbes humides un sillon vert foncé à peine sensible. Sous ses pieds, avec ce cri particulier et ce coup d'ailes qui font involontairement tressaillir le chasseur, se levait un faisan qui s'envolait paresseusement. Le capitaine ne lui accorda pas la moindre attention.

Nous étions sur le point de rejoindre l'infanterie, quand derrière nous se fit entendre distinctement le galop d'un cheval et presque au même instant fila devant nous un joli petit garçon en paletot d'officier avec une haute papasha blanche. Quand nous nous trouvâmes côte à côte il nous sourit, fit un signe de tête au capitaine et brandit son fouet.

J'eus le temps de remarquer qu'il était campé enselle et tenait les rênes avec une aisance extrêmement gracieuse. Il avait de beaux yeux noirs, un petit nez, et une petite moustache naissante. Ce qui me charmait surtout en lui, c'est qu'il ne put réprimer son sourire lorsqu'il s'aperçut que nous prenions plaisir à le considérer. Rien qu'à ce sourire il était facile de conclure qu'il était encore tout jeune.

— Où court-il ? grommela le capitaine dans sa barbe d'un air mécontent, sans ôter sa pipe de la bouche.

— Qui est-il ? demandai-je.

— Le porte-drapeau Alanin, un officier subalterne de ma compagnie ; il nous est arrivé le mois dernier du corps des cadets.

— C'est la première fois sans doute qu'il fait partie d'une expédition ? questionnai-je.

— Et c'est ce qui le rend si joyeux, répondit le capitaine, en secouant la tête pensivement. Ô la jeunesse !

— Et pourquoi ne serait-il pas joyeux ? Je comprends que cela doit être très intéressant pour un jeune officier.

Le capitaine garda le silence pendant deux minutes.

— C'est pour cela que je dis : Ô la jeunesse ! reprit-il d'une voix sourde. Je ne vois pas qu'il y ait de quoi se réjouir. Quand vous aurez fait plusieurs expéditions, vous ne montrerez plus tant de joie. Nous sommes ici, mettons une vingtaine d'officiers ; il est probable qu'il y en aura de tués ou de blessés, aujourd'hui un, demain un, après-demain un autre ; de quoi faut-il donc se réjouir.

III

Le soleil venait de se lever au-dessus des montagnes et avait déjà commencé à inonder de ses rayons la vallée que nous traversions, quand le brouillard se dissipa. Il faisait une chaleur étouffante. Les soldats, le fusil et le sac sur les épaules, avançaient lentement sur la route poudreuse ; on entendait rarement dans leurs rangs une conversation en dialecte petit russien ou un éclat de rire.

Quelques vieux soldats, en blouse de toile blanche, la plupart des sous-officiers marchaient au bord du chemin, causant entre eux d'un air sérieux. Des fourgons pesamment chargés progressaient pas à pas, soulevant l'épaisse poussière immobile. Les officiers étaient en tête, quelques djighits[1], comme on dit au Caucase, qui faisaient parade de leur ardeur en donnant à leur monture un coup de houssine pour lui faire exécuter quatre sauts, s'arrêtaient tout à coup et faisaient mine de rebrousser chemin ; d'autres prêtaient attention aux chanteurs qui en dépit de la chaleur et de l'accablement faisaient entendre l'une après l'autre toutes les chansons de leur répertoire.

À quelque deux cents mètres en avant de l'infanterie s'avançait sur un grand cheval pommelé un bel officier bien découplé en costume oriental qui était connu de tout le régiment pour sa bravoure et sa témérité. Il portait un beshmet[2], noir garni de tresses, des bottes pareilles, un pantalon neuf, très collant, orné de tchirazes[3], la tcherkeske[4] jaune et une haute papasha enfoncée par derrière. Sur la poitrine et sur le dos il avait des galons d'argent auxquels étaient attachés une bouteille à poudre et un pistolet. Un second pistolet et

1. Le djighit est un soldat téméraire qui s'élance au premier rang.
2. Vêtement tartare.
3. Tresses, galons.
4. Vêtement tcherkesse, qui se porte sur les autres habits.

un kindchal plaqué d'argent pendaient à sa selle. Il était ceint en outre d'une shaska[1] avec un fourreau de maroquin rouge agrémenté d'or et d'argent et sur l'épaule il avait un fusil à vent recouvert d'une gaine noire.

Son costume, sa manière de monter à cheval, son attitude et en général toute son allure faisaient voir qu'il s'efforçait de ressembler à un Tartare. Il parlait du reste aux Tartares qui étaient avec lui un dialecte que je ne connaissais pas, mais les regards résistants et railleurs qu'ils échangeaient entre eux me paraissaient indiquer qu'on ne le comprenait pas.

C'était un de nos jeunes officiers, un de ces téméraires djighits, qui veulent imiter Marlinski et Lermontoff[2], n'envisagent le Caucase qu'au point de vue des « héros de notre temps » d'un Moulla Nouroff ou autre, et dans tout ce qu'ils font n'obéissent point à leurs inclinations personnelles, mais s'attachent exclusivement à ressembler à leur modèle.

Le lieutenant aimait sans aucun doute la haute société, les femmes du grand monde, les généraux, les colonels, les adjudants ; et je suis convaincu que cette société avait pour lui d'autant plus d'attrait qu'il était ambitieux au plus haut point ; mais il s'était fait une loi invariable de se montrer grossier avec les gens distingués. Quand le hasard amenait une dame dans la forteresse, il regardait comme un devoir de passer sous les fenêtres de l'étrangère avec ses kounaks[3], nu-pieds, en chemise rouge, criant haut, et se querellant, tout cela beaucoup moins pour vexer la dame que pour lui faire admirer la blancheur et la beauté remarquable de

1. Poignard.
2. Le poète russe Lermontoff séjourna longtemps au Caucase. Son fameux roman *Un héros de notre temps*, dont la scène se passe au Caucase, eut une grande influence en Russie. Ce roman paraîtra prochainement dans la *Nouvelle Bibliothèque populaire.*
3. *Kounak*, ami, compagnon.

son pied et pour lui faire comprendre qu'il était homme à se faire aimer, pourvu qu'il le voulût.

Il allait souvent avec deux ou trois Tartares amis la nuit[1], dans les montagnes, s'embusquer sur la route pour épier au passage les Tartares ennemis et les assommer. Son cœur lui disait bien que ce n'était pas là un acte d'héroïsme, mais il se croyait obligé de faire souffrir ceux qui l'avaient désillusionné ou qu'il paraissait mépriser et haïr.

Il était fermement persuadé qu'il avait des ennemis ; se venger de quelqu'un, laver une injure dans le sang était pour lui un suprême délice. Il tenait pour certain que la haine, la vengeance, le mépris de l'humanité sont les plus élevés et les plus poétiques de tous les sentiments.

Une Tcherkesse avec laquelle je le rencontrais quelquefois me raconta qu'il était le meilleur et le plus doux des hommes, qu'il rédigeait chaque soir avec soin ses notes de journal, qu'il faisait ses comptes avec la plus grande régularité sur du papier ligné et qu'il priait Dieu à genoux. Malgré tout cela, il tenait à paraître à ses propres yeux ce qu'il voulait être, puisque ses camarades et les soldats ne pouvaient le comprendre tel qu'il le désirait.

Une fois il arriva que, dans une de ses aventures nocturnes avec ses kounaks sur les grands chemins, il blessa au pied et fit prisonnier un Tcherkesse ennemi. Le blessé resta ensuite sept semaines chez le lieutenant qui le soigna comme le meilleur de ses amis et, lorsqu'il fut guéri, le renvoya comblé de présents. Plus tard, dans une expédition, comme le lieutenant se repliait en arrière avec les tirailleurs, pendant une suspension d'hostilités, il entendit une voix qui venait des rangs de l'ennemi l'appeler par son nom. C'était le blessé qu'il avait soigné et qui accourait au-devant de lui en

1. C'est-à-dire ami des Russes.

lui faisant signe de faire de même. Le lieutenant acquiesça à son invitation et tous deux se serrèrent cordialement la main. Les montagnards se tenaient à quelque distance et avaient interrompu la fusillade ; mais à peine le lieutenant eut-il fait tourner son cheval pour repartir qu'on tira sur lui et une balle lui érafla le dos.

Une autre fois j'assistai moi-même à un incendie dans la forteresse et je vis deux compagnies de soldats se mettre en devoir de l'éteindre. Tout à coup, apparut au milieu d'eux, éclairé par les lueurs pourprées de la flamme, la haute stature d'un homme à cheval. Il fendit la foule et se dirigea tout droit vers le feu. Quand il fut tout proche, il mit pied à terre et s'élança dans la maison embrasée. Cinq minutes après il reparut, les cheveux roussis, les bras brûlés, tenant des deux mains sur sa poitrine deux petites colombes qu'il avait sauvées de l'incendie. C'était le lieutenant.

Il s'appelait Rosenkranz, mais il parlait souvent de son origine qu'il faisait remonter jusqu'aux Varègues et démontrait à l'évidence que ses aïeux étaient comme lui de vrais Russes.

IV

Le soleil avait déjà parcouru la moitié de sa course et versait à travers l'atmosphère embrasée des rayons ardents sur la terre sèche. Le ciel d'un bleu foncé était complètement dépourvu de nuages ; seule la montagne neigeuse commençait à s'envelopper dans la nue bleuâtre. L'air sans mouvement semblait rempli de poussières transparentes ; il faisait une chaleur intolérable.

Les troupes atteignirent un petit ruisseau qui baignait le chemin et firent halte.

Les soldats mirent leurs fusils en faisceaux et coururent au ruisseau ; le commandant du bataillon s'assit à l'ombre sur un tambour, et, gardant dans toute sa personne la dignité de son rang, il se disposa à faire une collation avec quelques officiers ; le capitaine se coucha dans l'herbe sous le fourgon de la compagnie, le brave lieutenant Rosenkranz et quelques autres jeunes officiers qui s'étaient installés sous leurs bourkas[1] déployés avaient improvisé une petite orgie, comme on pouvait le voir aux bouteilles et aux flacons rangés tout autour d'eux et surtout à l'animation des chanteurs qui, debout en demi-cercle, jetaient aux vents un air de danse caucasien qui rappelait les mélodies lesghietines.

Schamyl se révoltera
Trara, ratata, trara.

Parmi les officiers se trouvait aussi le jeune porte-drapeau qui nous avait rejoints le matin. Il était très farceur : ses yeux pétillaient, sa langue était un peu embarrassée, il aurait volontiers embrassé tout le monde.

Pauvre garçon ! il ne savait pas encore combien l'on paraît ridicule dans cet état, combien la franchise, la tendresse avec laquelle il abordait tout le monde, était peu faite pour obtenir la sympathie qu'il cherchait, et ne pouvait éveiller au contraire que la raillerie. Il ne savait pas combien il était joli, lorsque, las de se mouvoir, il se laissa tomber sur la bourka, et s'appuyant sur la main, rejeta en arrière son épaisse chevelure noire.

Deux officiers étaient assis sous un fourgon et jouaient aux cartes sur une cassette de voyage.

J'écoutai avec curiosité les conversations des soldats et des officiers ; j'observai attentivement l'expression de leur visage, mais je ne pus décidément découvrir chez aucun d'eux une ombre de l'inquiétude que j'éprouvais moi-même ; des plaisanteries, des

1. Bourka, manteau de feutre assez court que portent les Caucasiens.

quolibets, des éclats de rire, des histoires révélaient l'insouciance générale et l'indifférence de tout le monde au danger imminent.

Comme si l'un n'avait pu admettre que quelques-uns d'entre eux devaient fatalement ne plus reprendre ce chemin !

V

À sept heures du soir, nous passâmes, couverts de poussière et harassés, par la vaste porte fortifiée de la citadelle de X... Le soleil se couchait et projetait obliquement une lumière rosée sur les batteries pittoresques et les jardins plantés de hauts peupliers qui entouraient la forteresse, ainsi que sur les champs cultivés aux tons jaunâtres et sur les nuages blancs rassemblés autour de la montagne neigeuse et l'enserrant d'une chaîne merveilleusement belle.

Le croissant de la lune brillait au ciel comme un petit nuage diaphane. Dans l'aoul, qui s'étalait devant la porte de la forteresse, un Tartare, monté sur le toit d'une sakla[1], appelait les croyants à la prière, et les chanteurs chantaient avec bravoure.

Après m'être restauré et avoir fait un peu de toilette, je me rendis chez un adjudant que je connaissais, pour le prier de communiquer au général ce que je savais.

En traversant le faubourg où j'étais logé, j'avais eu l'occasion de remarquer dans la forteresse de X... certaines choses que je ne m'attendais en aucune façon à y rencontrer. Une petite calèche à deux places, dans laquelle j'avais vu un chapeau de dame rappelant la dernière mode et d'où venait un échange de paroles en français, était passée au galop devant moi. Par une fenêtre ouverte arrivaient jusqu'à moi des morceaux de la *Fille du régiment*, exécutés sur un mauvais piano

1. Hutte ou abri en terre.

détraqué. Dans une auberge, devant laquelle je passais, étaient assis, la cigarette aux doigts, un verre de vin à la main, quelques commis, et j'entendis l'un d'eux dire à son voisin : « Avoue qu'en fait de politique, Maria Grigoriwna, l'emporte chez nous sur toutes les autres femmes. » Un juif, courbé jusqu'à terre, l'air minable, en pardessus usé, traînait un orgue de Barbarie grinçant ; et dans tout le faubourg les échos renvoyaient le finale de *Lucie*. Deux femmes en robe à froufrou, en mouchoirs de soie, se glissèrent devant moi d'un pas léger sur le trottoir. Deux jeunes filles, l'une habillée de soie, l'autre de bleu, se tenaient, la tête découverte, près du rempart, devant une petite maison basse et poussaient des éclats de rire, dans l'intention manifeste d'attirer sur elle l'attention des officiers qui passaient. Ces officiers, eux, se pavanaient dans leurs paletots neufs, avec leurs gants blancs, leurs épaulettes étincelantes, flânant dans les rues et sur les boulevards.

Je trouvai l'adjudant au rez-de-chaussée de l'habitation du général. À peine lui eus-je exprimé mon désir, qu'il se montra prêt à le remplir ; mais au même moment la jolie calèche que j'avais vue s'arrêta devant le perron. De la voiture descendit un homme de belle prestance en uniforme d'infanterie, avec les épaulettes de major, qui se rendit chez le général.

— Pardonnez-moi, je vous prie, dit l'adjudant en se levant ; il faut que j'aille au rapport chez le général.

— Qui donc est arrivé ? demandai-je.

— La comtesse, répondit-il ; et boutonnant son uniforme, il sortit en courant.

Quelques minutes après, se montra un homme de taille moyenne, d'un extérieur très avenant, en paletot, sans épaulettes, avec une croix blanche à la boutonnière.

Derrière lui venaient le major, l'adjudant et deux autres officiers.

La démarche, la voix, tous les mouvements du général dénotaient ce haut personnage qui a conscience de son rang élevé.

— Bonsoir, madame la comtesse, dit-il en français, en lui tendant la main par la portière.

Une petite main gantée de frais saisit la sienne ; et un joli petit visage souriant, encadré dans un chapeau jaune, parut à la portière.

De tout l'entretien, qui dura quelques minutes, je n'entendis en passant que ces mots dits par le général, en français, d'un ton riant :

— Vous savez que j'ai fait vœu de combattre les infidèles, prenez donc garde de le devenir.

Dans la calèche on riait aussi.

— Adieu donc cher général !

— Non, à revoir, dit le général en montant les marches de l'escalier, n'oubliez pas que je m'invite pour la soirée de demain.

La voiture partit.

— Voilà un homme, pensais-je en revenant chez moi, qui possède tout ce que l'on peut acquérir en Russie : le rang, la richesse, la renommée, et cet homme plaisante à la veille d'une bataille, dont Dieu seul connaît l'issue, il flirte gaiement avec une jolie femme et lui promet de prendre le thé avec elle le lendemain, tout comme s'il l'avait rencontrée au bal.

Je vis chez le même adjudant un homme qui m'étonna encore davantage. C'était un jeune lieutenant du régiment de K…, qui se distinguait des autres officiers par la douceur de sa figure de femme et la timidité de ses manières. Il vint chez l'adjudant exhaler sa colère et son mécontentement contre ceux qui avaient intrigué pour l'empêcher de prendre part à l'expédition. Il déclara que c'était là une conduite odieuse, qu'elle était indigne de camarades, qu'il s'en souviendrait.

J'avais beau regarder son visage, j'avais beau écouter le son de sa voix, je ne pouvais arriver à me convaincre qu'il y eut aucune feinte dans son attitude, et j'étais moi-même bien contrarié, très aigri, de voir qu'on ne lui eût pas permis de partir pour aller tirer sur ces Tcherkesses, ou servir de cible à leurs balles.

Il était furieux, comme l'est un jeune homme qu'on a puni injustement.

Je n'y comprenais positivement rien.

VI

C'était à dix heures du soir que les troupes devaient se mettre en marche ; à neuf heures et demie je montai en selle et me rendis chez le général. On me dit qu'il était occupé avec l'adjudant. Je résolus de l'attendre dans la rue, j'attachai mon cheval à la haie et m'assis sur le remblai prêt à courir après le général dès qu'il sortirait. Les ardeurs et l'éclat du soleil avaient déjà fait place à la fraîcheur de la nuit et à la face mate de la nouvelle lune qui, entourée d'un halo pâle, scintillait sur le bleu foncé du ciel étoilé ; aux fenêtres des maisons et à travers les fentes de chaque châssis des abris en terre tremblotaient des lumières. Les peupliers majestueux dans le jardin et ailleurs, les huttes en terre qui s'élevaient à l'horizon enduites de chaux avec leurs toits de roseaux éclairés par la lune paraissaient encore plus hauts et plus noirs.

Les longues ombres des maisons, des arbres, des haies, s'étendaient pittoresquement sur la route éclairée et poudreuse.

Au bord du cours d'eau coassaient sans interruption des grenouilles ; dans les rues on entendait tantôt des pas précipités, tantôt des bruits de voix, tantôt le galop d'un cheval. Du faubourg arrivaient de temps à autre les sons de l'orgue de Barbarie.

Je ne vis rien qui pût chasser les idées noires qui assaillaient tumultueusement mon esprit les unes à la suite des autres, quoique je ne remarquasse autour de moi que joie et gaieté ; mais ceci n'a pas trait à mon récit.

J'étais si profondément absorbé dans mes pensées que je n'entendis pas sonner onze heures et je ne vis pas sortir le général avec sa suite.

L'arrière-garde était encore à l'intérieur de la forteresse.

J'eus beaucoup de peine à me frayer un chemin sur le pont, entre les canons serrés les uns contre les autres, les bagages, les fourgons de la compagnie et les officiers qui distribuaient bruyamment leurs ordres. Quand j'eus franchi la porte, je pressai l'allure de mon cheval et je courus au trot en suivant, pendant près d'une verste, la colonne en marche se déployant silencieusement dans l'obscurité. Je rejoignis enfin le général.

La plus grande partie du ciel s'était couverte de nuages allongés d'un gris sombre. Çà et là on apercevait entre eux le scintillement mat des étoiles. La lune s'était cachée derrière l'horizon de hautes montagnes que nous voyions à notre droite, et versait sur leurs cimes une lueur crépusculaire mate et tremblante, qui se détachait sur les ténèbres impénétrables.

L'air était chaud et calme. On eût dit que pas un brin d'herbe, pas un nuage ne se mouvait. La nuit était si noire que même à très peu de distance on ne pouvait distinguer les objets : il me semblait voir au bord du chemin tantôt des rochers, tantôt des animaux, tantôt des hommes de forme étrange, et pour reconnaître que c'étaient simplement des buissons, je dus entendre leurs bruissements, ou sentir la fraîcheur de la rosée qui les couvrait.

Devant moi, je vis une surface plane, noire, se balançant par instants, derrière laquelle se mouvaient quelques points noirs : c'était l'avant-garde de la cavalerie et le général avec sa suite. Entre eux et moi s'agitait une autre masse également sombre, mais plus basse que la première : c'était l'infanterie.

Dans toute la colonne régnait le plus grand silence. On pouvait percevoir parfaitement tous les bruits de la nuit se fondant en une harmonie d'un charme mystérieux : au loin le hurlement plaintif du chacal, tantôt semblable à une lamentation désespérée, tantôt pareil à des éclats de rire ; les voix claires, monotones des grillons, des grenouilles, des cailles ; par moment des tons assourdis que je ne parvenais à m'expliquer d'aucune manière, et toutes ces manifestations diverses à peine sensibles, de la nature, ces accents qu'on ne peut ni saisir ni définir, s'unissaient en un concert majestueux que nous appelons le silence de la nuit.

Ce silence de la nuit était interrompu ou, pour parler plus exactement, ne faisait qu'un ensemble avec le piétinement sourd des chevaux, et avec le bruissement produit dans l'herbe par la marche lente de la colonne.

De temps en temps on entendait dans les rangs le roulement des lourdes pièces d'artillerie, le cliquetis des baïonnettes s'entrechoquant, des chuchotements de voix d'hommes, et des hennissements de chevaux.

La nature respirait la beauté et la force.

Est-il donc si difficile à l'homme de vivre dans ce monde sous cet incommensurable firmament ? Se peut-il qu'au milieu de cette nature enchanteresse, il y ait place dans l'âme humaine pour des sentiments de haine, de vengeance, pour des désirs de détruire nos semblables ?

Tout le mal qu'il y a dans le cœur de l'homme devrait, ce me semble, disparaître au contact de la nature, cette expression la plus immédiate du beau et du bien.

VII

Nous marchions déjà depuis deux heures. Je grelottai et je commençai à m'endormir. Les mêmes objets indécis paraissaient encore plus sombres dans l'obscurité : à quelque distance la surface noire, les points noirs mouvants ; près de moi la croupe d'un cheval, qui, se balayant de la queue, écartait fortement les jambes de derrière ; un dos en tcherkeske blanche sur lequel on distinguait un fusil dans son enveloppe noire ; la crosse blanche d'un pistolet caché dans sa gaine tricotée ; la lueur ardente d'une cigarette, éclairant une lèvre barbue, un collet de peau de loutre et une main gantée de cuir.

Je me penchai sur le cou de mon cheval, fermai les paupières et oubliai pendant quelques minutes tout ce qui m'entourait ; puis je fus éveillé par les piétinements et les hennissements ; je regardai autour de moi, et il me sembla que j'étais immobile à l'endroit où je me trouvai et que la surface noire qui était devant moi se mouvait en arrivant sur moi, ou bien qu'un instant après elle restait immobile à son tour pendant que je m'avançai vers elle.

J'entendis alors plus distinctement le bruissement ininterrompu dont je n'avais pu deviner la cause : c'était le bruit de l'eau. Nous entrâmes dans un chemin creux très profond. Nous approchions d'un cours d'eau dont, à cette époque de l'année, la crue est très forte.

Le bruissement devenait plus fort, l'herbe humide plus épaisse et plus haute, les buissons plus nombreux, l'horizon plus étroit. Parfois surgissaient, sur le fond sombre des montagnes, en divers endroits, des feux clairs qui s'évanouissaient presque aussitôt.

— Dites-moi, je vous prie, quels sont ces feux ? demandai-je tout bas à un Tartare qui marchait à cheval à côté de moi.

— Tu ne les connais donc pas ? répondit-il.

— Je ne les connais pas.

— Ce sont les montagnards qui ont attaché de la paille au *tajak*[1], l'ont allumée et brandissent cette espèce de torche.

— Pourquoi cela ?

— Pour que chacun sache que les Russes approchent. Voici, ajouta-t-il en riant sous cape, oh ! voici le *tomascha*[2] ; il traînera toute la *chourda-mourda*[3] dans les gorges.

— On sait donc déjà dans la montagne, dis-je, que la colonne est en marche ?

— Sans doute ! Comment ne le saurait-on pas ? On le sait toujours ; nous sommes un si grand peuple !

— Alors Schamyl se prépare à partir de son côté ? demandai-je.

— Iok[4] ! repartit-il, en secouant la tête en signe de dénégation. Schamyl ne partira pas, il enverra des Naibs[5], et assistera lui-même à l'affaire du haut de la montagne.

— Est-il loin d'ici ?

— Pas très loin. Là, de ce côté, à gauche, à une dizaine de verstes.

— Comment sais-tu cela ? Tu y es donc allé ?

— J'y suis allé. Les nôtres ont tous été dans la montagne.

— Et tu as vu Schamyl ?

— Bah ! Schamyl n'est pas visible pour nous. Cent, trois cents, mille mourids[6] l'entourent. Schamyl forme le centre ! dit-il avec le respect servile du Tartare.

---

1. Une expression, qui veut dire torche.
2. *Tomascha* signifie valet, dans le langage conventionnel commun aux Russes et aux Tartares.
3. Les biens, ce qu'on possède.
4. Non (mot tartare).
5. Agents de Schamyl.
6. Officier d'un rang à peu près analogue à celui de l'adjudant.

En levant les yeux on pouvait voir que le ciel, qui s'était éclairé, commençait à se colorer à l'orient et que la Petite Ourse se rapprochait de l'horizon. Mais dans le chemin creux que nous suivions il n'y avait qu'humidité et ténèbres.

Soudain flambèrent à peu de distance de nous dans l'obscurité quelques petits feux ; au même instant les balles sifflèrent et dans le silence qui régnait aux alentours retentirent au loin des détonations accompagnées de grands cris perçants.

C'était l'avant-garde ennemie. Les Tartares qui la composaient poussaient des clameurs sauvages, déchargeaient leurs fusils sans viser et s'éparpillaient ensuite.

Profond silence !

Le général appela l'interprète. Un Tartare à cheval en tcherkeske blanche s'approcha, chuchota quelques paroles appuyées de gestes animés.

— Colonel Chassanoff, dit le général tout bas, lentement mais avec autorité, établissez vos postes.

La colonne se dirigea vers le cours d'eau. Les montagnes noires, les défilés restèrent derrière nous. L'horizon, où l'on ne voyait presque plus les étoiles pâles et mortes, s'éleva ; à l'orient les clartés s'apercevaient plus distinctement ; un vent frais, pénétrant venait de l'ouest et des traînées de nuées claires flottaient comme des vapeurs sur les eaux murmurantes.

VIII

Le guide indiqua le gué et la cavalerie de l'avant-garde, puis derrière elle le général et sa suite commencèrent à passer.

L'eau montait jusqu'au poitrail des chevaux, se précipitait avec une violence extraordinaire entre les pierres blanches qui émergeaient en certains endroits au-dessus de la surface liquide et formait autour des pieds des chevaux des courants impétueux. Les chevaux fendaient l'écume, la tête haute, les oreilles dressées, mais ils n'avançaient que pas à pas prudemment dans le lit inégal, luttant contre le courant. Les cavaliers levaient les jambes et tenaient leurs armes en l'air.

Les fantassins avec une énergie qui se peignait visiblement dans leurs traits s'efforçaient de se tenir debout en dépit du courant ; ils étaient littéralement en chemise, élevant au-dessus de l'eau leur fusil au bout duquel pendait leur paquet de vêtements, et se tenant une vingtaine par la main pour faire la chaîne.

La cavalerie montée poussa les chevaux à l'eau au trot en les excitant par de grands cris. Les canons et les caissons de munitions peints en vert, sur lesquels de temps à autre jaillissait une gerbe d'eau, résonnaient avec un bruit métallique sur le fond de pierre, mais les vaillantes bêtes tiraient courageusement sur les traits, faisaient écumer l'eau et montaient, la queue et la crinière ruisselantes, sur l'autre rive.

Dès que tout le monde fut passé, le visage du général prit une expression pensive et grave. Il fit tourner son cheval de côté et partit avec la cavalerie au trot à travers la large plaine entourée de bois qui s'ouvrait devant nous. Des Cosaques à cheval essaimaient le long de la lisière.

Dans la forêt on vit un instant après un homme à pied en tcherkeske et en papasha, puis un deuxième, puis un troisième.

Un des officiers dit :

— Ce sont les Tartares.

Un nuage de fumée s'élève au-dessus de la forêt… un coup part, puis un second.

Notre feu rapide domine celui de l'ennemi ; de temps à autre seulement une balle, qui passe avec un bruit prolongé comme un bourdonnement d'abeille, prouve que toute la fusillade ne part pas exclusivement de notre côté.

Vivement l'infanterie en accélérant le pas et la cavalerie lancée au trot se sont rangées en ligne de bataille ; on entend les roulements sourds du canon, le crépitement métallique des cartouches, le sifflement des fusées, les craquements des fusils. De tous côtés on voit sur la plaine blanche de la cavalerie, de l'infanterie, de l'artillerie. La fumée qui part des canons, des fusées, des fusils, se mêle à la verdure emperlée de rosée et au brouillard.

Le colonel Chassanoff court au général et arrête soudainement son cheval en plein galop.

— Votre Excellence, dit-il en portant la main à sa papasha, devrait ordonner de faire avancer la cavalerie. On a vu des snatschki[1].

Et il indique du bout de sa cravache les Tartares à cheval, ayant à leur tête deux hommes portant au bout de leurs lances des lambeaux d'étoffe rouge et bleue.

— À la grâce de Dieu, Ivan Michailovitch ! dit le général.

Le colonel fait faire la volte à sa monture, agite son bonnet et crie : « Hourrah ! »

— Hourrah ! hourrah ! hourrah !

Le cri se répète de rang en rang, et la cavalerie se précipite comme un ouragan derrière son chef.

Tous regardent devant eux. L'ennemi n'attend pas le choc ; il se replie à l'intérieur de la forêt et ouvre de là une fusillade nourrie. La pluie de balles est plus épaisse.

— Quel charmant coup d'œil ! dit le général en français, tandis qu'il fait faire des courbettes à son beau cheval noir, dont les jambes sont admirablement fines.

— Charmant, répond le major, qui donne un coup de houssine à sa monture pour se rapprocher du géné-

1. Drapeaux portés par les djighits.

ral. C'est un vrai plaisir que la guerre dans un aussi beau pays, ajoute-t-il en français.

— Et surtout en bonne compagnie, complète le général avec un sourire amical.

Le major s'incline.

Tout à coup un sifflement rapide, désagréable, passe près de nous ; c'est un boulet ennemi ; il atteint quelque chose, derrière nous s'entend le gémissement d'un blessé.

Ce gémissement m'émeut si étrangement que le tableau de la guerre perd soudain pour moi tout son charme ; mais personne ne semble partager mon impression ; le major paraît rire de bon cœur ; un second officier achève calmement sa phrase interrompue ; le général regarde dans la direction opposée et dit, le sourire aux lèvres, quelque chose en français.

— Faut-il leur répondre ? demande le commandant de l'artillerie qui est accouru.

— Oui, pour les épouvanter, dit le général avec insouciance ; et il allume un cigare.

La batterie se range et la canonnade commence. La terre tremble sous ses coups, les éclairs se succèdent sans interruption, la poudre, qui permet à peine de distinguer les servants occupés à leurs pièces, masque la vue.

L'aoul est canonné.

Le colonel Chassanoff revient et sur l'ordre du général se jette dans l'aoul. On entend de nouveau le tumulte du combat et la cavalerie disparaît dans le nuage de poussière qu'elle soulève.

Le spectacle était assurément grandiose, mais pour moi qui prenais part à un combat sans y être accoutumé, je n'avais qu'une seule impression, une impression triste : il me semblait que l'expédition elle-même aussi bien que ces transports et ce tumulte étaient inutiles et superflus.

Involontairement je comparais ce que l'on faisait là à l'action d'un homme qui fend l'air avec une hache.

IX

L'aoul était déjà occupé par nos troupes et pas une âme du parti ennemi n'y était restée, lorsque le général et sa suite, à laquelle je me joignis, y entrèrent à cheval.

Les sakli longs et propres avec leurs terrasses et leurs jolies cheminées ne formaient plus que des monceaux de pierres, entre lesquelles coulait un petit cours d'eau. D'un côté on voyait les jardins verdoyants plantés de gigantesques poiriers et pruniers qu'inondait la brillante clarté du soleil, de l'autre côte se dressaient des ombres étranges, de hautes pierres tombales debout et de grandes perches au bout desquelles étaient attachés des boulets et des drapeaux (c'étaient les tombeaux des djighits).

Les troupes étaient alignées et rangées devant les portes.

Une minute après les dragons, les cosaques, les fantassins se répandirent avec une joie manifeste dans les étroites ruelles et l'aoul désert s'anima tout d'un coup. Ici on enfonce un toit, la hache frappe avec fracas le bois qui résiste et la porte est brisée ; là une meule de foin, une haie, une hutte prend feu et une grosse colonne de fumée monte dans l'air transparent ; ailleurs un Cosaque traîne un sac de farine et un tapis ; le visage rayonnant, un soldat sort d'une sakla tenant à la main un gobelet d'étain et quelque loque ; un autre étend les deux bras pour saisir deux poules qui volent en caquetant par-dessus une haie ; un troisième a trouvé un énorme *koumgan*[1] plein de lait et boit à même le vase, qu'il jette, une fois vide, par terre en riant aux éclats.

---

1. Pot de terre.

Le bataillon avec lequel j'avais quitté la forteresse de X… se trouvait aussi dans l'aoul. Le capitaine était assis sur le toit d'une sakla et tirait de son petit brûle-gueule les nuages de fumée de son tabac de miettes, avec une mine si placide, qu'en le voyant j'oubliai que nous étions dans un aoul ennemi et m'y croyais parfaitement chez moi.

— Ah ! vous voilà aussi ? me dit-il en me regardant.

La haute stature du lieutenant Rosenkranz se montrait tantôt ici tantôt là dans l'aoul ; il s'occupait sans relâche et avait l'air d'un homme extrêmement affairé. Je le vis sortir d'une sakla la mine triomphante ; derrière lui, deux soldats conduisaient un Tartare garrotté. C'était un vieillard, dont tout le costume se composait d'un vieux beshmet voyant et d'un pantalon en lambeaux. Il était si caduc que ses bras osseux, attachés fortement sur son dos voûté, semblaient à peine tenir à ses épaules ; ses jambes nues et torses ne se mouvaient que très péniblement. Son visage et une partie de son crâne rasé de près étaient couverts de rides et de sillons. Sa bouche édentée, qu'estompaient une moustache grise très courte et des favoris, s'ouvrait et se fermait sans interruption, comme s'il avait mâché quelque chose, mais dans ces yeux injectés de sang et dépourvus de cils, il y avait encore un reste de flamme, et toute son attitude montrait son indifférence à la vie.

Rosenkranz lui fit demander par un interprète pourquoi il n'avait pas fui avec les autres.

— Où serais-je allé ? dit-il calmement avec un regard oblique.

— Où sont allés les autres, fit remarquer quelqu'un.

— Les djighits sont partis pour se battre avec les Russes, et je ne suis qu'un vieillard.

— Tu as donc peur des Russes ?

— Quel mal peuvent me faire les Russes ? Je ne suis qu'un vieillard, répéta-t-il en considérant les assistants avec insouciance.

Au retour, je vis ce vieillard, sans bonnet, les mains liées, assis en croupe derrière un Cosaque de la ligne. Il promenait autour de lui le même regard exempt de peur.

On le gardait pour l'échange des prisonniers.

Je grimpais sur le toit et m'assit à côté du capitaine.

— L'ennemi paraît n'avoir pas été nombreux, dis-je, avec l'intention d'avoir son opinion sur le combat.

— L'ennemi ? répéta-t-il étonné. Il n'y en a pas eu. Appelez-vous cela un ennemi ?... Vous ouvrirez vos yeux ce soir, quand nous reviendrons : vous verrez alors comment on nous reconduit, les masses qui surgiront, ajouta-t-il en montrant avec sa pipe les lignes d'arbres devant lesquels nous avions défilé dans la matinée.

— Qu'est-ce qui se passe là-bas ? l'interrompis-je avec inquiétude en désignant un groupe de Cosaques du Don qui s'étaient attroupés non loin de nous.

On entendait au milieu d'eux comme des sanglots d'enfants. Ces mots arrivèrent jusqu'à moi :

— Non... Ne le frappez pas... Arrêtez... nous verrons... As-tu un couteau, Evstignievicth, donne-le...

— Ils ont quelque mauvais dessein, les drôles, dit le capitaine.

À ce moment accourut au galop, le visage empourpré, le joli porte-drapeau. Je le vis fondre sur les Cosaques en faisant de grands gestes des deux mains.

— Ne lui faites pas de mal !... ne le frappez pas ! criait-il d'une voix enfantine.

Les Cosaques, à la vue de l'officier, se séparèrent et lâchèrent un bouc blanc qu'ils tenaient.

Le jeune porte-drapeau était en proie à une vive inquiétude, il balbutia quelques paroles et resta immobile devant eux, l'air effaré. Quand ses yeux tombèrent sous le toit où j'étais assis avec le capitaine, il rougit et en quelques bonds il se trouva à nos côtés :

— Je croyais qu'il voulaient tuer un enfant, dit-il avec un sourire qui ne dissimulait pas son tremblement.

X

Le général prit les devants avec la cavalerie. Le bataillon que j'accompagnais au sortir de la forteresse de X… resta à l'arrière-garde. Les compagnies du capitaine Chlopoff et du lieutenant Rosenkranz se mirent en marche en même temps.

La prédiction du capitaine s'accomplit telle qu'il l'avait faite : à peine avions-nous atteint la lisière du bois dont il avait parlé, qu'aux deux côtés nous vîmes des montagnards à cheval et à pied et si proches de nous que je pouvais distinguer très nettement plusieurs d'entre eux se baissant et, le fusil au poing, sautant d'un arbre à l'autre.

Le capitaine ôta son bonnet et se signa ; quelques vieux soldats firent de même. Dans la forêt, on entendait des rugissements sauvages :

— Iaï giaour ! Ourous iaï.

Les coups de fusil isolés se succédèrent et les balles sifflèrent de part et d'autre. Les nôtres répliquaient en silence par un feu de file ; de leurs rangs ne partaient que quelques rares observations :

— D'où tire-t-il[1] ? — Ah ! il a le jeu facile derrière les arbres ! — Il faut qu'ils aient des canons…

Après quelques décharges de cartouches, l'ennemi semblait faiblir, mais au bout d'une minute et à chaque pas en avant que faisaient nos troupes, la fusillade, les cris et les rugissements recommençaient.

Nous étions arrivés à six cents mètres de l'aoul, quand les balles ennemies se mirent à pleuvoir sur

---

1. *Il* veut dire ici l'ennemi. Les soldats russes ne le désignent jamais autrement.

nous. Je vis tomber un soldat — mais à quoi bon décrire les détails de cet effroyable tableau, puisque je donnerais je ne sais quoi pour l'oublier.

Le lieutenant Rosenkranz déchargeait son fusil sans s'arrêter une minute, il encourageait les soldats de sa voix rauque et courait aussi vite qu'il le pouvait d'un bout de la ligne du poste à l'autre. Il était un peu pâle, mais cela ne messeyait point à son air martial.

Le joli porte-drapeau était au comble de la joie ; il y avait dans ses beaux yeux un indicible éclat, qui révélait la témérité ; un léger sourire se jouait autour de ses lèvres ; à chaque instant, il accourait vers le capitaine et le priait de lui accorder la permission de charger.

— Nous les refoulerons, assurait-il, je vous promets que nous les repousserons.

— C'est inutile, répondit brièvement le capitaine. Nous devons nous replier.

La compagnie du capitaine occupa la lisière de la forêt et continua de là à diriger le feu sur l'ennemi ; le capitaine, en paletot usé, en shapka déformé, avait jeté la bride sur le cou de sa monture et se tenait, les pieds emboîtés dans les courts étriers, cloué à la place qu'il occupait.

Les soldats connaissaient et exécutaient la manœuvre avec tant de précision qu'ils n'avaient pas besoin de commandement.

De temps à autre seulement, le capitaine élevait la voix pour avertir ceux qui redressaient la tête. Il n'y avait rien de belliqueux dans son attitude, mais une si grande assurance, une telle simplicité, que j'étais rempli de stupéfaction.

— On voit bien, pensais-je involontairement, quels sont les vrais braves.

Il était, à peu de chose près, tel que je l'avais vu toujours : c'étaient les mêmes gestes placides, la même voix monotone, la même noblesse d'expression de sa physionomie peu belle, mais sans forfanterie ; à peine l'observateur le plus sagace eût-il pu remarquer en lui autre chose que l'attention d'un homme calmement occupé de sa tâche.

Il est facile de dire : il n'y avait rien de changé en lui ; mais que de changements de toute nature je voyais dans les autres ; l'un s'efforçait de paraître plus impassible, l'autre voulait se montrer plus rude, un troisième plus gai que de coutume ; tandis que la mine du capitaine indique qu'il ne comprend même pas pourquoi il est tel que je le vois.

Le Français à Waterloo s'écrie : « La garde meurt, mais ne se rend pas » ; d'autres, surtout des héros français, dont on cite des paroles mémorables, étaient braves et leurs paroles dignes assurément de mémoire, mais entre leur bravoure et celle du capitaine, il y a cette différence que, j'en suis convaincu, si quelque grande parole lui vient sur les lèvres, il ne la dira pas, d'abord de peur qu'en la disant il n'en détruise l'effet, ensuite parce que, quand un homme se sent la force d'accomplir une grande action, il juge les grandes paroles superflues.

Tout à coup on entend du côté où se tient le joli porte-drapeau un hourrah isolé et peu sonore. Je me retourne à ce cri et je vois trente soldats, le fusil à la main, le sac au dos, traverser en courant un champ labouré. Ils trébuchent, mais tous poursuivent leur course en riant. À leur tête, agitant sa shapka, est le jeune porte-drapeau.

Tous disparaissent dans la forêt…

Après quelques minutes de cris et de fusillade, un cheval effaré sort au galop de la forêt ; sur la lisière apparaissent quelques soldats qui portent des morts et des blessés ; parmi ces derniers est le jeune porte-drapeau. Deux soldats le soutiennent sous les aisselles.

Il est pâle comme un linge et sa belle tête, où l'on ne voit plus qu'une ombre de l'enthousiasme guerrier qui l'animait une minute auparavant, s'affaisse péniblement sur sa poitrine. Sur la chemise blanche, sous le paletot boutonné on distingue une tache rouge.

— Quel dommage ! dis-je involontairement en me détournant de ce triste spectacle.

— Sans doute, c'est bien dommage, dit le vieux soldat qui, la mine sombre, appuyé sur son fusil, est debout à côté de moi. Aussi il n'avait peur de rien... Est-ce possible ? ajouta-t-il en considérant le blessé d'un regard impossible ; c'était une folie... il l'a expiée maintenant.

— Et toi, dis-je, tu as peur sans doute ?

— Je n'en sais rien.

XI

Quatre hommes transportent le porte-drapeau sur un brancard ; derrière eux un soldat conduit un cheval maigre, harassé, chargé de deux caisses vertes qui contiennent les instruments du chirurgien. On attend le docteur. Les officiers s'approchent du brancard et tâchent de consoler et d'encourager le blessé.

— Eh ! frère Alanin, on ne fera plus danser, dit en souriant le lieutenant Rosenkranz qui arrive à son tour.

Il s'imagine sans doute que ses paroles auraient pour effet de réconforter le joli porte-drapeau ; mais à en juger par l'expression froide et triste du regard que lui adresse le blessé, il est probable que le bon mot n'a pas le succès attendu.

Le capitaine ne tarde pas à arriver. Il contemple attentivement le jeune homme et sur son visage toujours froid et égal se peint une vive compassion.

— Quoi, mon cher Anatole Ivanitch, dit-il d'un ton de sympathie si tendre que je ne m'y serais pas attendu. C'est évident, Dieu l'a voulu.

Le blessé se retourne, un sourire triste anime son visage pâle.

— Oui, je n'ai pas voulu vous écouter.

— Dites plutôt que Dieu l'a voulu, répète le capitaine.

Le docteur arrive enfin ; il prend des mains de l'aide-chirurgien le bandage, la sonde, et d'autres instruments et s'approche les manches retroussées. Il adresse un sourire bienveillant au blessé.

— Quoi ! il paraît que vous vous êtes fait un trou dans la peau, dit-il d'un ron railleur et insouciant. Voyons.

Le porte-drapeau se soulève, mais le regard qu'il attache sur le joyeux docteur est étonné et plein de reproche. Le docteur ne s'en aperçoit pas. Il sonde la blessure, il poursuit ses recherches en tous sens ; mais le blessé perd patience et repousse en soupirant péniblement la main qui le palpe.

— Laissez-moi ! dit-il d'une voix à peine intelligible… C'est inutile… Je me meurs !

Il retombe en arrière. Cinq minutes après, je me rapproche du groupe qui s'est formé autour de lui et je demande à un soldat :

— Comment va le porte-drapeau ?

— Il agonise.

XII

Il était déjà tard quand le détachement, en colonnes déployées, atteignit au retour en chantant la forteresse.

Le soleil s'était dérobé derrière les montagnes couvertes de neige et versait ses derniers rayons rosés sur le nuage long et mince qui flottait à l'horizon clair et transparent. Les montagnes s'enveloppaient d'une brume violette, leurs cimes seules se détachaient avec une netteté extraordinaire sur la pourpre de l'astre couchant. En même temps, sur l'azur foncé, brillait la lune diaphane levée depuis longtemps. Le vert de l'herbe et des arbres tournait au noir en se couvrant de rosée.

Des sombres masses d’hommes défilaient pas à pas avec un bruit de tempête dans la magnifique campagne. De divers côtés on entendait des roulements de tambours et des chants de joie. La voix de ténor du guide de la sixième compagnie résonnait dans toute sa puissance et ses accents purs et pleins pénétraient pleins de force l’air limpide du soir.

LE TCHETCHÈNE

STANITSA

Les hommes de la stanitsa passent leur vie en expéditions militaires ou au cordon, comme les Cosaques nomment le ravin où ils font sentinelle. Loukachka, dont les deux femmes avaient parlé, était ce même soir à Nijni-Protótsk, montant la garde au haut d'une échauguette, sur le bord du Térek. Appuyé sur la balustrade, il regardait au loin en clignant des yeux, ou bien les baissait vers ses camarades postés sous l'échauguette, et échangeait à de rares intervalles quelques mots avec eux. Le soleil descendait vers les cimes neigeuses des montagnes, au pied desquelles ondulaient des nuages moutonnés, qui devenaient de plus en plus sombres. Une agréable fraîcheur émanait de la forêt, mais il faisait encore très chaud près de l'échauguette. Les causeries des Cosaques s'entendaient de loin dans l'air transparent et sonore du soir. Les eaux troubles et rapides du Térek roulaient plus distinctement leurs masses brunes entre les rives immobiles ; l'eau baissait, et l'on apercevait çà et là le sable des bas-fonds. De l'autre côté du fleuve, juste vis-à-vis du cordon, tout était désert ; les joncs et les roseaux seuls couvraient la plaine lointaine jusqu'au pied des montagnes. À droite on apercevait les maisons en terre glaise, les toits plats et les cheminées à entonnoir d'un village tchetchène. Du haut de l'échauguette le jeune Cosaque suivait de ses yeux perçants les mouvements des femmes tchetchènes avec leurs robes rouges et bleues.

Les Cosaques s'attendaient d'heure en heure à une attaque des Abreks[1], qui choisissent pour leur invasion le mois de mai, quand l'eau est si basse qu'on peut traverser à gué le Térek et que la feuillée du bois est si touffue qu'on y passe avec peine. Les Cosaques avaient reçu depuis peu une circulaire du colonel, qui leur enjoignait d'être sur le qui-vive, vu que ses espions avaient apporté la nouvelle que huit Tchetchènes se préparaient à passer le Térek. Pourtant on ne remarquait aucun préparatif extraordinaire au cordon : les Cosaques étaient désarmés, ils avaient dessellé leurs chevaux, et restaient à pêcher à la ligne, à chasser et à boire. Seul le Cosaque de garde était armé, et son cheval sellé broutait à la lisière du bois. L'*ouriadnik*[2], grand, maigre, au dos démesurément large, et aux mains démesurément petites, était assis, l'uniforme déboutonné et les yeux fermés, sur le remblai de la cabane ; il avait la tête appuyée sur ses mains et l'air profondément ennuyé. Un vieux Cosaque à large barbe noire grisonnante, n'ayant pour tout vêtement qu'une chemise serrée à la taille par un ceinturon en cuir, était couché sur le rivage, suivant nonchalamment du regard les eaux troubles et uniformes du tournant du Térek. D'autres, accablés par la chaleur, à demi nus, lavaient leur linge ; les autres tressaient des bridons, ou bien, couchés sur le sable brûlant, chantonnaient à demi-voix. L'un d'eux, au visage maigre et pâle, était étendu

1. Tchetchènes hostiles aux Cosaques.
2. Soldat-chef.

ivre mort près de la cabane, dont l'ombre l'avait deux heures plus tôt préservé des rayons du soleil, qui, en ce moment, donnait en plein sur son visage.

Loukachka montait la garde sur l'échauguette : c'était un grand et beau garçon de vingt ans ; ses formes anguleuses, comme celles d'un très jeune homme, accusaient une grande force physique et morale. Bien que depuis peu au service, on voyait, à l'expression de son visage et au calme de son maintien, qu'il s'était déjà approprié la tenue fière d'un guerrier et qu'il était pénétré de sa dignité de Cosaque et d'homme d'armes. Son large caftan était un peu usé, son bonnet à poil rejeté sur la nuque, à la tchetchène. Son costume n'était pas riche, mais il le portait avec élégance, élégance qui consiste à imiter le Tchetchène. Un véritable djighite doit avoir de belles armes ; quant à son uniforme, il peut être usé et porté avec négligence. Un caftan déchiré joint à de belles armes donne au Cosaque un certain cachet que n'acquiert pas qui veut, et que Loukachka possédait au suprême degré : tout montagnard reconnaissait en lui le véritable djighite. Ses mains, rejetées en arrière, étaient croisées sur son bonnet à poil ; il clignait des yeux en regardant l'aoul lointain. Ses traits n'étaient pas réguliers, mais il frappait à première vue par sa vigoureuse structure, son air intelligent, ses sourcils noirs, et l'on s'écriait involontairement : « Quel beau garçon ! »

« Que de femmes, que de femmes dans l'aoul ! » dit-il d'un ton bref et montrant ses dents, d'une blancheur éblouissante.

Nazarka, qui était couché sous l'échauguette, leva précipitamment la tête :

« Elles vont sans doute à la fontaine, dit-il.

— Quelle peur on leur ferait par un coup de fusil ! dit Loukachka en souriant, cela ferait une fameuse panique !

— Ton fusil ne portera pas si loin.

— Ha ! ha ! il portera plus loin encore. Attends seulement leur fête, j'irai prendre de la bière avec leur Ghirey-Khan », répondit Lucas, chassant avec impatience les moucherons qui l'importunaient.

Un léger bruissement dans les taillis attira l'attention des Cosaques. Un chien de chasse bigarré, agitant violemment sa queue, accourait vers le cordon. Lucas reconnut la bête de son voisin Jérochka, et le vieux chasseur lui-même parut un moment plus tard.

Diadia[1] Jérochka était un vieux Cosaque d'une taille athlétique, à l'épaisse barbe blanche ; ses épaules et sa large poitrine étaient si bien proportionnées que, en le voyant venir du fond du bois, on n'était pas frappé d'abord par sa stature gigantesque. Il était vêtu d'un caftan déguenillé et retroussé ; ses pieds étaient enveloppés de morceaux d'étoffe de laine recouverte de peau de daim et attachés par des ficelles ; sa tête était coiffée d'un petit bonnet à poil hérissé. Il portait sur une de ses épaules une *kabilka*, arme dont on se sert pour prendre les faisans, et un sac où étaient un épervier et un poulet pour servir d'appât. Par-dessus l'autre épaule pendait un chat sauvage qu'il venait de tuer ; il avait encore à la ceinture un sac avec des balles, de la poudre et du pain ; une crinière pour se défendre contre les moucherons, un grand poignard à étui échiqueté et barbouillé de sang, et deux faisans tués. Il s'arrêta devant le cordon.

« Holà ! Liane », cria-t-il à son chien d'une voix de stentor, qui retentit dans le bois, et à laquelle l'écho répondit au loin.

Il rejeta sur l'épaule son grand fusil à piston et souleva son bonnet.

« Bonjour, bonnes gens ! dit-il de la même voix vigoureuse et rude, sans aucun effort, mais comme s'il

1. Oncle, terme familier.

voulait se faire entendre de quelqu'un de l'autre côté de la rivière.

— Bonjour, bonjour, diadia ! s'écrièrent de tous côtés les voix joyeuses des jeunes Cosaques.

— Qu'avez-vous vu ? dites ! cria Jérochka, essuyant d'un pan de son caftan la sueur de son visage enflammé.

— Écoute, diadia, quelque épervier est blotti dans cette tchinara !... Hier soir il tournoyait sans cesse au-dessus de l'arbre, dit Nazarka, faisant signe de l'œil à ses camarades.

— Tu mens ! dit le vieux avec défiance.

— Vrai ! tu n'as qu'à faire le guet », dit Nazarka en riant.

Les Cosaques éclatèrent de rire.

Le malin Nazarka n'avait vu aucun épervier, mais les jeunes gens avaient l'habitude de taquiner Jérochka chaque fois qu'il venait au cordon.

« Tu n'as que des sottises à dire ! dit Lucas à Nazarka, qui se tut à l'instant.

— Eh bien ! j'attendrai ici, dit Jérochka à la grande joie des Cosaques. N'avez-vous pas vu de sangliers ?

— Où les voir ? dit l'*ouriadnik*, enchanté de l'occasion de causer, et se grattant le dos des deux mains ; nous avons les Abreks à guetter et non les sangliers. N'as-tu rien entendu, hein ? ajouta-t-il en clignant des yeux et en montrant ses dents blanches.

— À propos des Abreks ? demanda le vieux, non, rien. Avez-vous de l'eau-de-vie ? donnez-m'en un petit verre, bonnes gens ! Je suis très fatigué. Donne-m'en une goutte, dit-il à l'*ouriadnik*, et je t'apporterai sous peu de la chair de sanglier ; vrai, je t'en apporterai.

— Vas-tu rester ici ? demanda l'*ouriadnik*, faisant semblant d'ignorer la demande du vieux.

— Je passerai la nuit ici, répondit Jérochka ; il se peut que pour la grande fête j'abatte du gibier, et tu en auras ta part, vrai comme Dieu existe. »

« Holà ! diadia ! » cria d'en haut Loukachka d'une voix perçante pour attirer l'attention des causeurs.

Les Cosaques se tournèrent vers lui.

« Remonte le torrent, tu y trouveras tout un troupeau : je te jure que je ne mens pas ! Un des nôtres a tué un sanglier l'autre jour, je te le jure ! ajouta-t-il d'un ton sérieux et convaincant.

— Ha ! Loukachka, l'*ouriadnik* est ici ! s'écria le vieux chasseur, levant les yeux vers l'échauguette ; où le sanglier a-t-il été tué ?

— Suis-je si mignon que tu ne m'aies pas aperçu ? dit Lucas. Le sanglier était près du fossé ; mon fusil était dans une housse, c'est Hiouchka qui l'a tué. Je te montrerai l'endroit, vieux, c'est près d'ici ; je connais toutes les menées de la bête. Diadia Mosséi ! s'adressa-t-il d'un ton d'autorité à l'*ouriadnik*, il est temps de relever la sentinelle. » Et, sans attendre l'ordre du chef, il prit son fusil et descendit.

« Descends, dit l'*ouriadnik*, jetant les yeux autour de lui ; est-ce ton tour, Gourko ?... va ! C'est un fin matois, ton Loukachka ! ajouta-t-il en s'adressant au vieux chasseur ; comme toi, il ne reste jamais en place ; il a tué une bête ces jours-ci. »

Le soleil était couché, et les ombres de la nuit descendaient rapidement sur la forêt. Les Cosaques avaient terminé leur service au cordon et se réunissaient pour souper dans l'izba. Le vieux chasseur restait seul sous la tchinara, attendant l'oiseau de proie et tiraillant la ficelle attachée à la patte de l'épervier. Loukachka préparait lentement des lacs pour les faisans et chantait une chanson après l'autre. Malgré sa haute taille et ses grandes mains, tout menu ouvrage lui était familier.

« Holà ! Loukachka ! cria la voix perçante de Nazarka du fond du taillis, les Cosaques vont souper. »

Il parut sur le sentier, se frayant un chemin à travers les ronces et portant sous le bras un faisan vivant.

« Oh ! fit Lucas, d'où as-tu ce beau coq ? c'est probablement le mien. »

Nazarka était du même âge que Lucas et était entré au service au printemps, en même temps que lui. Ils étaient voisins et camarades. Nazarka était petit, laid, maigre ; sa voix clapissante faisait tinter les oreilles. Lucas était assis sur l'herbe, à la tatare, et veillait à ses filets.

« Je ne sais, c'est peut-être le tien.

— Tu l'auras pris dans le trou près de la vieille tchinara ; certes, c'est le mien, je l'ai posé près des lacs. »

Loukachka se leva, examina le faisan et passa la main sur la tête bigarrée du coq, qui roulait des yeux épouvantés.

« Nous en ferons un pilon ; tords-lui le cou et plume-le.

— Est-ce que nous allons le manger, ou bien le donneras-tu à l'*ouriadnik ?*

— Inutile ! il en a assez.

— Mais je n'aime pas à tuer ces bêtes, dit Nazarka.

— Je m'en charge. Et Lucas tira un petit couteau de dessous son poignard et en griffa la gorge du faisan ; l'oiseau tressaillit, mais n'eut pas le temps d'étendre ses ailes, que sa tête ensanglantée pendait déjà de côté.

— Voilà ! » dit Lucas jetant l'oiseau sur l'herbe.

Nazarka frissonna.

« Sais-tu, dit-il en relevant le faisan, que ce grand diable (il voulait dire l'*ouriadnik*) nous envoie de nouveau *au secret*[1] ? C'est le tour de Thomouchkine, et il l'a envoyé chercher de l'eau-de-vie. C'est sur nous qu'il pèse de tout son poids. Que de nuits nous avons déjà fait le service ! »

Lucas s'acheminait en sifflant vers le cordon.

---

1. Monter la garde de nuit à un endroit secret pour épier l'ennemi.

« Prends la ficelle ! » criait-il à Nazarka, qui se soumettait à toutes ses volontés.

« Je le lui dirai ce soir, continua-t-il, vrai, je le lui dirai. Refusons net, nous sommes abîmés de fatigue, dis-le-lui, je t'en prie, il aura égard à toi. Cela n'a pas de nom, je l'assure.

— Il y a bien de quoi parler ! dit Lucas pensant à autre chose ; cette misère ! passe encore si on nous chassait de la stanitsa, on s'y amuse ; mais rester au cordon ou aller au secret, n'est-ce pas égal ?

— Quand iras-tu à la stanitsa ?

— Pour la fête.

— On dit que la Dounaïka passe son temps avec Thomouchkine, dit Nazarka, changeant tout à coup de conversation.

— Eh ! qu'elle aille au diable ! dit Lucas montrant les dents sans sourire ; est-ce que je n'en trouverai pas d'autre ?

— Gourko raconte qu'il est venu chez elle, le mari était absent, et Thomouchkine était là, attablé, vis-à-vis d'un gâteau. Gourko est resté un moment, puis il est sorti et s'est arrêté sous la fenêtre, et il l'entend qui dit : "Ce diable n'est plus là, que ne manges-tu pas, chéri ? Passe la nuit avec moi". Et Gourko de leur crier de dessous la fenêtre : "Bravo !"

— Tu mens !

— Vrai ! comme Dieu existe ! »

Lucas se tut un moment, puis dit :

« Eh bien ! si elle en a trouvé un autre, que le diable l'emporte ! peu m'en chaut. Il y a bien d'autres filles.

— Quel satané gaillard tu es ! dit Nazarka. Tu aurais dû essayer de Marianka, la fille du khorounji ! N'a-t-elle pas d'amant ? »

Lucas fronça les sourcils.

« Pourquoi Marianka ?... elle ne vaut pas mieux qu'une autre.

— Oui-da ! essaye !

— Voilà une idée ! on dirait qu'il y a peu de filles à la stanitsa. »

Lucas se remit à siffler et avançait vers le cordon, arrachant les feuilles des branches sur son passage. Il s'arrêta devant un mince arbrisseau droit et dénudé, tira son couteau et le coupa.

« Cela me fera une fameuse baguette pour mon fusil », dit-il, en fendant l'air de la tige coupée.

Les Cosaques soupaient assis à terre dans le vestibule de la cabane, autour d'une table basse tatare. Ils se demandaient qui irait cette nuit au secret.

« Qui donc est de service aujourd'hui ? cria l'un d'eux à l'*ouriadnik*, par la porte entrebâillée.

— Le tour de qui est-ce ? répondit l'*ouriadnik* de l'autre chambre ; Bouriak y a été ; Thomouchkine de même, ajouta-t-il d'une voix incertaine. Lucas n'ira-t-il pas avec Nazarka ? Puis Ergouchow, qui, j'espère, a assez cuvé son vin.

— Il paraît que toi, tu n'es pas bien réveillé ! dit Nazarka à voix basse.

Les Cosaques se mirent à rire.

Ergouchow était le Cosaque énivré qui dormait à la porte de l'izba ; il venait de s'éveiller et entrait en se frottant les yeux.

Loukachka se leva et examina son fusil.

« Soupez et partez vite », dit l'*ouriadnik* ; et, sans attendre l'assentiment des Cosaques, il ferma brusquement la porte, comptant peu sur la soumission de ses subalternes.

« Si je n'avais pas d'ordre précis, je n'aurais envoyé personne, mais le centenier peut survenir, et puis on dit que huit Abreks ont passé l'eau.

— Eh bien ? il faut partir, dit Ergouchow, il n'y a pas de temps à perdre ; le service l'exige, partons ! »

Lucas tenait de ses deux mains un morceau de faisan et regardait tantôt Nazarka, tantôt le chef, riant sous cape de ce qui se passait. Les Cosaques se préparaient à partir, quand Jérochka, après avoir vainement épié jusqu'à la nuit une proie imaginaire sur la tchinara, entra dans le vestibule obscur. Sa grosse voix de basse vibra comme une cloche et couvrit les autres voix.

« Enfants, dit-il, je vais avec vous : vous ferez la chasse aux Abreks, et moi aux sangliers. »

Il faisait tout à fait sombre quand le vieux Jérochka et les trois Cosaques de service, enveloppés dans leurs *bourkas*[1] et leurs fusils sur l'épaule, longèrent le Térek pour se rendre au « secret ». Nazarka essaya de refuser de les suivre, mais Lucas l'apostropha si violemment qu'il n'osa pas regimber. Ils firent quelques pas en silence, entrèrent dans un sentier à peine visible parmi les roseaux et s'approchèrent du Térek. Une grosse poutre noire, rejetée par l'eau, était sur le rivage, et les roseaux étaient fraîchement froissés tout autour.

« Est-ce ici ? demanda Nazarka.

— Et où donc, si ce n'est ici ? répondit Lucas. Assieds-toi là, je reviens à l'instant.

— C'est le meilleur point possible, dit Ergouchow, on ne peut nous voir, et nous voyons tout : restons ici. »

Il se blottit derrière la poutre avec Nazarka ; Lucas et Jérochka allèrent plus loin.

« C'est près d'ici, disait Lucas, marchant légèrement et sans bruit devant le vieil homme ; je t'indiquerai où les bêtes ont passé, moi seul le sais.

— Tu es un brave *ourvane*, répondit le vieux à voix basse, montre-moi l'endroit. »

Après avoir fait quelques pas, Lucas s'arrêta devant une mare et siffla.

« Vois-tu, dit-il à voix basse, c'est ici qu'ils viennent s'abreuver. » Et il montrait les traces récentes du sanglier.

---

1. Manteau de fourrure sans manches qui se porte le poil en dehors.

« Que le Christ te sauve, dit le vieux ; ils viendront ici ; je reste ; et toi, va-t'en. »

Lucas serra sa bourka autour de son corps, et revint sur ses pas, le long de la rive, jetant de rapides regards tantôt vers les roseaux, tantôt vers le Térek, qui grondait sourdement dans ces bords. « Ils nous guettent aussi, se dit-il en pensant aux Abreks ; l'un d'eux se glisse peut-être ici pour nous surprendre. »

Un craquement subit dans les roseaux et un clapotement de l'eau le firent tressaillir ; il saisit sa carabine. La forme noire d'un sanglier, se détachant de la surface miroitante du fleuve, disparaissait dans les roseaux. Lucas visa, mais la bête s'enfuit avant qu'il eût eu le temps de lâcher la détente. Lucas fit un geste de dépit et continua son chemin. En approchant du secret, il siffla ; un sifflet pareil lui répondit, il avança vers ses camarades.

Nazarka dormait enveloppé dans sa bourka ; Ergouchow était assis sur ses pieds repliés ; il fit place à Lucas.

« Il fait bon veiller ici, dit Ergouchow, l'endroit est excellent. As-tu reconduit le vieux ?

— Je l'ai reconduit, répondit Lucas, étendant à terre sa bourka. Quel beau sanglier j'ai fait lever, près de l'eau ! L'as-tu entendu ?

— Oui, dit Ergouchow, j'ai entendu le craquement des joncs et je me suis dit que tu faisais lever une bête. »

Ergouchow s'enveloppa de sa bourka.

« Je m'en vais faire un petit somme, réveille-moi au second chant de coq ; le service l'exige ; puis tu dormiras et je veillerai.

— Merci, je n'ai nullement sommeil », répondit Lucas.

La nuit était calme, tiède et sombre. De rares étoiles brillaient d'un côté de l'horizon ; la plus grande partie du ciel était couverte d'un gros nuage noir, qui, se fondant au loin avec les montagnes, avançait lentement et envahissait la partie étoilée du ciel. Le Cosaque avait en face de lui le Térek, par derrière et de côté, un rempart de joncs. De temps en temps, et sans cause apparente, les roseaux commençaient à s'agiter et à se frôler. Vus d'en bas, ces roseaux se détachaient comme une masse d'arbres sur le fond clair du ciel. En face, le fleuve grondait. La masse brune et luisante de l'eau se ridait uniformément autour des bancs de sable et du rivage. Plus loin, l'eau, les rives et le nuage noir se confondaient en d'opaques ténèbres. Des ombres flottantes couraient sur l'eau, et l'œil exercé du Cosaque y reconnaissait des branches sèches arrachées au rivage. De rares éclairs, se reflétant dans l'eau comme dans une glace sombre, dessinaient momentanément la rive opposée.

Le murmure des roseaux, le ronflement des Cosaques, le bourdonnement des insectes, le courant du fleuve, tous les bruits monotones de la nuit étaient troublés de temps à autre par une détonation lointaine, la chute d'un morceau de gravier détaché du rivage, le clapotement d'un grand poisson se jouant dans l'eau ou le craquement d'une bête fauve dans les taillis. Un oiseau de nuit, frappant en cadence ses ailes, volait le long du rivage ; arrivé au-dessus des Cosaques, il tourna vers la forêt, où l'on entendit encore longtemps le froissement de ses plumes dans les branches de la vieille tchinara. À chaque bruit inattendu, le jeune Cosaque prêtait avidement l'oreille, clignait des yeux, en tâtant de son fusil.

La nuit avançait. Le nuage noir courait vers l'occident ; les déchirures de ses flancs laissaient apercevoir le ciel étoilé et le croissant doré de la lune, éclairant les montagnes de sa pâle lueur. L'air fraîchissait vivement. Nazarka se réveilla, causa un moment et se rendormit. Lucas s'ennuyait de son inaction ; il se leva, tira son couteau et se mit à ratisser la baguette de son fusil. Ses pensées se portèrent vers les Tchetchènes, qui vivent dans les montagnes et, bravant les Cosaques, passent le fleuve. Et s'ils allaient le traverser à un autre endroit ? Lucas tendait le cou, scrutait du regard le fleuve, mais n'apercevait rien, excepté la rive opposée faiblement éclairée par le croissant. Il cessa de songer aux Tchetchènes et attendait impatiemment le moment de réveiller ses camarades et de retourner à la stanitsa.

Dounka, sa *douchinkka*[1], comme les Cosaques appellent leur maîtresse, lui revint à la mémoire ; il songeait à elle avec dépit. L'approche de l'aube se faisait sentir ; un brouillard argenté s'élevait du fond de l'eau ; des aiglons commençaient à siffler d'une voix stridente et à battre des ailes. Le premier chant du coq se fit entendre au loin dans la stanitsa, un deuxième plus prolongé lui répondit, puis d'autres encore.

Il est temps de les réveiller, pensa Lucas, qui sentait ses yeux s'appesantir. Il se tourna vers ses compagnons, tâchant de deviner quelles jambes appartenaient à tel individu, lorsque le léger clapotement d'une vague le frappa ; il jeta les yeux vers les montagnes, qui s'estompaient à l'horizon sous le croissant renversé de la lune, vers le bord opposé du Térek et les branches flottantes… Il lui parut que le rivage se mouvait et que le fleuve était immobile ; mais ce ne fut qu'une illusion d'un instant. Il regarda fixement l'eau, et un tronc noir, surmonté d'une longue branche, le frappa particulièrement. Ce tronc flottait d'une manière étrange, sans tournoyer au milieu du fleuve ; il lui parut même qu'il allait contre le courant et coupait le Térek dans ses bas-fonds. Lucas, le cou tendu, les yeux fixés, le suivait ardemment du regard. Le tronc aborda à l'un des bancs de sable ; cela parut suspect à Lucas ; il lui

1. Petite âme.

sembla même qu'une main paraissait derrière le tronc. « Ha ! fit-il en saisissant son fusil, je tuerai à moi seul un Abrek ! »

Il plaça rapidement le support, y appuya le fusil, l'arma en retenant sa respiration et, ne perdant pas de vue l'ennemi, il le visa. « Je t'aurai ! » pensait-il. Cependant son cœur battait si violemment qu'il attendit un instant et prêta l'oreille. Le tronc fit un bruyant plongeon, puis recommença à flotter lentement, fendant l'eau dans la direction de l'autre rive.

« Si j'allais le manquer ? » pensait le Cosaque. La lueur incertaine de la lune éclaira faiblement un Tatare près du tronc. Lucas visa la tête : elle paraissait tout près, au bout du canon du fusil ; il leva un peu les yeux. « C'est un Abrek ! » se dit-il avec joie, et, se jetant brusquement à genoux, il mit en joue, visa de nouveau, et, cédant machinalement à une habitude d'enfance, il murmura : « Au nom du Père, du Fils... » et lâcha la détente. Le coup du feu éclaira momentanément l'eau, les roseaux, se répercuta sur le fleuve et alla se perdre au loin en un sourd grondement. Le tronc et la branche ne fendaient plus le fleuve, mais tournoyaient emportés par le courant.

« Arrête ! s'écria Ergouchow se dressant de derrière la poutre et cherchant son fusil.

— Tais-toi, mille diables ! murmura Lucas d'une voix étouffée et les dents serrées ; ce sont les Abreks !

— Loukachka ! qui as-tu tué ? » demandait Nazarka.

Mais le Cosaque se taisait et rechargeait son fusil, en suivant des yeux le tronc que le courant emportait ; un banc de sable l'arrêta, et une masse noire s'éleva en chancelant au-dessus de l'eau.

— Qu'as-tu tué ? dis donc ! répétaient les Cosaques.

— Les Abreks ! ce sont les Abreks ! répondait Lucas.

— Tu radotes ! ton fusil aura éclaté.

— J'ai tué un Abrek ! s'écria Lucas d'une voix entrecoupée, et sautant sur ses jambes : il nageait là, vois-tu !... près du bas-fond, et je t'ai tué !...

— Tu radotes ! répétait Ergouchow en se frottant les yeux.

— Vois plutôt ! » s'écria Lucas ; et, le saisissant par les épaules, il le fit replier sur lui-même avec une telle force qu'Ergouchow poussa un gémissement. Il suivit des yeux l'indication de Lucas, aperçut le corps et changea subitement de ton.

« Hai ! ha ! il y en aura encore, dit-il à voix basse et armant son fusil : celui-là était l'éclaireur, les autres suivent, crois-moi ! »

Loukachka décrocha sa ceinture et jeta à terre son caftan.

« Que fais-tu, imbécile ? cria Ergouchow, tu cours à une mort certaine ! S'il est tué, il ne t'échappera pas. Donne un peu de poudre, Nazar ! Cours au cordon, mais ne suis pas le rivage, on te tuerait.

— Tu crois que j'irai seul ? merci ! vas-y toi-même ! » dit Nazarka avec humeur.

Lucas s'était déshabillé et allait vers l'eau.

« Inutile, lui criait Ergouchow, vois, il ne bouge pas. Attends qu'on accoure du cordon, il va faire clair. Va donc, Nazarka ; fi donc ! quel poltron ! Ne crains rien, te dis-je.

— Lucas ! hé, Lucas ! disait Nazarka, dis donc comment tu l'as tué ? »

Lucas s'était ravisé.

« Allez tous deux au cordon, dit-il, je resterai ici. Dites aux Cosaques d'accourir ; si les autres ont passé, il faut les prendre tous.

— Il ne faut pas qu'ils nous échappent », dit Ergouchow en se levant.

Ergouchow et Nazarka se signèrent et coururent vers le cordon, évitant le rivage et se frayant un chemin à travers les épines et les ronces.

« Prends garde, Lucas ! cria encore Ergouchow, si tu remues, c'en est fait de toi !

— Va-t'en ! je sais ce que j'ai à faire », répondit Lucas, et, après avoir examiné son fusil, il s'accroupit derrière la poutre.

Resté seul, il ne quittait pas des yeux le banc de sable et prêtait l'oreille, dans l'attente des Cosaques. Mais il y avait loin jusqu'au cordon, et il était torturé d'impatience ; il tremblait de manquer les Abreks, qui devaient, selon lui, suivre de près celui qu'il avait tué ; il craignait de perdre celui qu'il avait tué ; il craignait de perdre cette proie comme le sanglier qui lui était échappé la veille. Il jetait les yeux autour de lui, prêt à tirer si l'ennemi paraissait. Il ne lui venait même pas à l'esprit qu'il pouvait être tué lui-même.

Il commençait à faire jour. On voyait distinctement le cadavre du Tchetchène ballotté sur les bas-fonds. Des pas se firent tout à coup entendre non loin du Cosaque, les têtes des roseaux s'inclinèrent. Lucas arma et murmura : « Au nom du Père, du Fils... » Au cliquetis du fusil, les pas s'arrêtèrent.

« Holà ! les Cosaques ! n'allez pas tuer le diadia ! dit d'une voix calme et basse Jérochka, écartant les roseaux et approchant de Lucas.

— Vrai Dieu ! j'ai failli tirer, s'écria Lucas.

— Et qu'as-tu tué ? » demanda le vieux. Sa voix puissante résonna sur le fleuve et dans le bois et dissipa subitement le silence mystérieux de la nuit qui entourait le jeune Cosaque. Le jour parut plus clair.

« Tu n'as rien vu, toi, dit Lucas en désarmant son fusil avec calme ; et moi, j'ai tué une bête fauve. »

Le vieux avait déjà porté ses regards vers les bas-fonds, et ne quittait pas des yeux la forme humaine qui faisait rider la surface de l'eau.

« Il nageait avec la branche attachée à son dos ; je l'ai aperçu de loin... Vois ! pantalon bleu... fusil, à ce qu'il paraît... Le vois-tu ?

— Comment ne pas le voir ? dit le vieux d'un ton irrité, et son visage prit une expression solennelle et sévère. C'était un djighite ! ajouta-t-il avec compassion.

— J'étais accroupi là, continua Lucas, lorsque je vois flotter quelque chose de noir sur l'autre bord. Chose étrange ! une branche, une énorme branche, flottait sur l'eau, mais le courant ne la portait pas, elle coupait le fleuve dans sa largeur. Voilà qu'une tête paraît par-dessus la branche ; je ne la distingue pas bien de derrière les roseaux, je me soulève… le coquin l'entend, aborde à un bas-fond et se glisse sur le sable. Attrape ! pensais-je, tu ne m'échapperas pas !… Il reparut en rampant… (quelque chose me gêne dans le gosier…). J'arme et je reste immobile… Il recommence à nager… la lune donne en plein sur lui et je vois clairement son dos… "Au nom du Père, du Fils et du Saint-Esprit !" Le coup part… je le vois se débattre à travers la fumée… Il pousse un gémissement — ou bien, ai-je cru entendre… "Dieu soit loué ! pensai-je, je l'ai tué !" Il essaye de se soulever, les forces lui manquent, il tressaille et tombe raide… J'ai tout vu distinctement : il doit être mort. Les Cosaques ont couru au cordon ; pourvu que les autres ne nous échappent pas !

— C'est ainsi que tu l'as surpris… il est loin maintenant… » Et le vieux branlait tristement la tête.

Les cris bruyants des Cosaques se firent entendre ; ils accouraient, les uns à cheval, les autres à pied.

« Apportez-vous la nacelle ? leur cria Lucas.

— Bravo, Loukachka ! s'écria un des Cosaques, amène-le vers le rivage ! »

Loukachka, sans attendre davantage, se déshabilla sans quitter des yeux sa proie.

« Attends donc, Nazarka, avec la nacelle ! criait l'*ouriadnik*.

— Imbécile ! prends ton poignard ! Il respire peut-être encore ! criait un autre Cosaque.

— Bêtise ! » répondait Lucas, ôtant son haut-de-chausses. Il se signa et s'élança dans l'eau, la faisant rejaillir de tous côtés ; il plongea, reparut à la surface et nagea vers les bas-fonds, fendant le Térek de ses bras blancs et vigoureux. Les Cosaques restés sur la rive parlaient à haute voix. Trois hommes à cheval étaient allés faire la ronde. Nazarka traînant la nacelle parut au détour du chemin. Lucas se dressa sur le banc de sable et secoua le cadavre. « Il est bien mort ! » cria-t-il d'une voix perçante.

La balle avait frappé à la tête le Tchetchène. Il était vêtu d'un haut-de-chausses bleu foncé, d'une chemise et d'un caftan ; il portait un fusil et un poignard attachés sur son dos, et, par-dessus, cette énorme branche qui avait commencé par induire en erreur Lucas.

« Voilà comme on pêche les carpes ! dit un des Cosaques groupés autour du cadavre, qu'on avait tiré de l'eau et étendu sur l'herbe.

— Qu'il est jaune ! disait quelqu'un.

— Où les nôtres sont-ils allés chercher les Abreks ? disait un autre ; ils sont probablement de l'autre côté de l'eau ; si celui-ci n'était pas l'éclaireur, pourquoi se serait-il hasardé seul ?

— C'est le plus entreprenant, un véritable djighite ! dit ironiquement Lucas, étanchant l'eau des habits du Tchetchène et frissonnant sans cesse ; sa barbe est peinte et taillée.

— Écoute, Loukachka, dit l'*ouriadnik*, qui tenait dans ses mains les armes du défunt, prends le caftan et le poignard et laisse-moi le fusil, je t'en donnerai trois pièces de monnaie. Le plomb y est, ajouta-t-il en soufflant dans le canon du fusil, je le garderai comme souvenir. »

Lucas ne répondit rien ; il était vexé de l'avidité du chef, mais il savait devoir lui céder. Il fronça le sourcil et jeta à terre le caftan du Tchetchène.

« Si ce diable avait du moins un habit convenable, dit-il ; mais non, une véritable guenille.

— Elle te servira pour aller couper du bois, dit un Cosaque.

— Mosé ! je m'en vais à la maison, dit Lucas à l'*ouriadnik*, oubliant son dépit et voulant tirer parti du cadeau qu'il lui faisait.

— C'est bon, va ! Enfants, traînez le corps vers le cordon, dit l'*ouriadnik* sans cesser d'examiner le fusil, et faites une hutte de branchages pour le garantir de la chaleur ; on viendra peut-être le racheter.

— Il ne fait pas si chaud, observa quelqu'un.

— Non, mais les chacals peuvent le déchirer, répliqua l'un des Cosaques.

— Nous posterons une garde ; on viendra le racheter, et il ne serait pas bon qu'on le trouvât déchiré par les chacals.

— Eh bien ! Lucas, fais comme tu l'entends, mais donne un seau d'eau-de-vie aux camarades, dit l'*ouriadnik*.

— Certainement ! certainement ! crièrent à l'unisson les Cosaques ; vois quelle chance Dieu te donne : pour ton premier coup tu abats un Abrek !

— Achète le poignard et le caftan, répondit Lucas ; donne-m'en bon prix, et que Dieu te bénisse ! Je vends aussi le haut-de-chausses, je n'y entrerais pas ; ce diable était maigre comme une allumette. »

Un des Cosaques acheta le caftan pour une pièce d'argent ; un autre promit deux seaux d'eau-de-vie pour le poignard.

« Buvez, mes amis, dit Lucas, je vous donne un seau d'eau-de-vie ; je l'apporterai de la stanitsa.

— Et le pantalon ? le donneras-tu aux filles pour qu'elles s'en fassent des mouchoirs ? » dit Nazarka.

Les Cosaques éclatèrent de rire.

« Assez de rires, dit l'*ouriadnik*, traînez plus loin le corps ; pourquoi l'avez-vous laissé si près de l'izba ?

— À quoi bayez-vous ? cria impérieusement Lucas aux Cosaques, qui hésitaient à tirer le cadavre ; traînez-le par ici ! » Tous obéirent comme si Lucas était le chef. Au bout de quelques pas ils s'arrêtèrent et lâchèrent les jambes du cadavre, qui tombèrent raides et inertes sur le gazon. Nazarka s'approcha et souleva la tête du mort pour voir ses traits et la trace sanglante qu'il avait à la tempe. « Il l'a marqué au front, dit-il, il ne se perdra pas, les siens le reconnaîtront. »

Personne ne répondit : l'ange de silence touchait de son aile tous les Cosaques.

Le soleil était levé, et ses rayons se jouaient dans la rosée ; le Térek grondait en roulant ses eaux à travers la forêt ; les faisans saluaient de leurs cris le réveil de la nature. Les Cosaques entouraient le cadavre, recouvert seulement du haut-de-chausses imbibé d'eau et serré à la taille par une ceinture. C'était un homme beau et bien fait ; ses mains musculeuses pendaient, raidies, le long des flancs ; son front hâlé tranchait vivement avec la blancheur bleuâtre de sa tête rasée ; le sang s'était figé près de la blessure ; les yeux ternes et vitreux étaient ouverts et semblaient regarder au loin ; les lèvres, minces et tendres, semblaient sourire avec bonhomie et finesse sous la moustache rousse ; les doigts crispés étaient couverts de poils aux jointures, et les ongles teints en rouge.

Lucas ne s'était pas encore habillé, son cou était très rouge, ses yeux brillaient plus que d'ordinaire, un mouvement nerveux agitait ses larges pommettes, une vapeur presque imperceptible s'élevait de son corps jeune et robuste, frissonnant à l'air froid du matin.

« C'était un homme ! murmura Lucas, admirant malgré lui la beauté du cadavre.

— Oui-da ! observa un des Cosaques, s'il pouvait te saisir maintenant, il ne te lâcherait pas. »

L'ange du silence s'était envolé. Les Cosaques se remirent en mouvement, et les gais propos recommencèrent. Deux d'entre eux allèrent tailler des branches pour la hutte, d'autres retournèrent au cordon. Lucas et Nazarka coururent se préparer au départ pour la stanitsa.

Une demi-heure plus tard, tous deux traversaient en courant les épais taillis qui séparent le Térek de la stanitsa, et ils ne cessaient de parler entre eux.

« Ne lui dis pas que c'est moi qui t'envoie, disait Lucas d'un ton bref ; sache seulement si le mari est à la maison.

— Et moi, j'irai chez Jamka ; ferons-nous bombance ce soir ? demanda Nazarka, toujours prêt à obéir.

— Certainement ! aujourd'hui ou jamais ! » répondit Lucas.

Arrivés à la stanitsa, les deux Cosaques se rafraîchirent d'un verre d'eau-de-vie, et se jetèrent à terre pour dormir jusqu'au soir.